Lawrence Block
Der Dieb, der wie Mondrian malte

Band 5594

Zu diesem Buch

Tagsüber handelt Bernie Rhodenbarr mit antiquarischen Büchern. Nachts macht er unerbetene Hausbesuche bei wohlbetuchten New Yorker Mitbürgern und erleichtert sie um ihre hochgeschätzten Antiquitäten. Denn auch hierin ist Bernie ein Experte mit hohem Berufsethos.

Diese Qualitäten sprechen sich herum – auch in der Unterwelt. Und so erhält Bernie eines Tages eine kleine Bestellung: ein Mondrian aus einem exquisiten privaten Museum. Eine Erpressung verleiht dieser Bestellung Nachdruck. Nur gut, daß für viele Menschen ein Mondrian wie der andere aussieht...

Lawrence Block, geboren 1938 in Buffalo/New York, lebt in Boston. Schrieb in 25 Jahren mehr als 30 Kriminalromane. Kolumnist beim »Writer's Digest«.

Lawrence Blocks Bernie-Rhodenbarr-Romane werden komplett in der Serie Piper Spannung erscheinen.

Lawrence Block

Der Dieb,
der wie Mondrian malte

Kriminalroman

Aus dem Amerikanischen
von Sylvia Denzl

Piper
München Zürich

SERIE PIPER
SPANNUNG
Herausgegeben von Friedrich Kur

Von Lawrence Block liegen in der
Serie Piper Spannung
außerdem vor:
Alte Morde rosten nicht (5523)
Ein Philosoph mit langen Fingern (5549)
Viele Wege führen zum Mord (5580)

Die Originalausgabe erschien 1984 unter dem Titel
»The Burglar Who Painted Like Mondrian«
bei Victor Gollancz Ltd., London.
Die deutsche Ausgabe, deren Übersetzung wir übernommen haben,
erschien erstmals 1987 unter dem Titel
»Mord ist keine schöne Kunst« im Scherz Verlag,
Bern–München–Wien.

ISBN 3-492-15594-4
Mai 1992
R. Piper GmbH & Co. KG, München
Lizenzausgabe mit Genehmigung des Scherz Verlages,
Bern und München
Originalausgabe © Lawrence Block 1983
Gesamtdeutsche Rechte © Scherz Verlag,
Bern und München 1987
Umschlag: Federico Luci,
unter Verwendung einer Zeichnung von Jörg Extra
Photo Umschlagrückseite: Jacques Sassier
Satz: Ebner, Ulm
Druck und Bindung: Clausen & Bosse, Leck
Printed in Germany

1

Es war ein langweiliger Tag bei Barnegat Books, so wie meistens eben. Buchhändler werden sich wohl nie nach einem beschaulichen, zurückgezogenen Dasein im Ruhestand sehnen – sie führen es bereits.

An diesem bewußten Tag gab es zwei Höhepunkte, und zwar, wie das Leben so spielt, ereigneten sie sich gleichzeitig. Eine Frau las mir ein Gedicht vor, und ein Mann versuchte, mir ein Buch anzudrehen. Das Gedicht stammte von Mary Carolyn Davies. Die Frau, die es vorlas, war ein schlankes, rosiges Geschöpf mit großen braunen Augen und langen Wimpern. Sie hatte eine Art, ihren Kopf in den Nacken zu werfen, die sie einem unserer gefiederten Freunde abgeschaut haben mußte. Ihre Hände – schmale, schön geformte, unberingte Finger mit unlackierten Nägeln – hielten ein Exemplar von Miss Davies' Erstlingswerk.

Obwohl ich ziemlich vertrauensselig bin, warf ich doch gelegentlich einen Blick zur Abteilung Philosophie & Religion hinüber, in der mein neuester Kunde herumstöberte. Er war von der grobschlächtigen Sorte, etwa Ende Zwanzig oder Anfang Dreißig, mit niederen Cowboystiefeln, Jeans, einem breitgerippten braunen Samtjackett über einem dunkelbraunen Flanellhemd. Er trug eine Hornbrille. Sein Bart war sorgfältig gestutzt, wogegen sein dünnes Haupthaar strähnig und ungepflegt wirkte.

Die junge Dame vor mir deklamierte unbeirrt die schwülstigen Strophen. Ich konnte mich nicht recht darauf konzentrieren. Irgend etwas an meinem männlichen Besucher veranlaßte mich, ihn nicht aus den Augen zu lassen. Vielleicht rief seine Ausstrahlung in mir das Gefühl wach, er könnte sich jeden Augenblick mit ein paar Büchern davonschleichen. Vielleicht störte mich auch nur sein Aktenkoffer. Bei Brentano zum Beispiel muß man seine Taschen und Aktenkoffer abgeben. Meine Kunden dürfen sie bei sich behalten, und manchmal sind dann die Taschen beim Hinausgehen schwerer als beim Hereinkommen. Der Antiquariatsbuchhandel ist, mit äußerstem Wohlwollen betrachtet, eine fragwürdige Erwerbsquelle. Man sieht es deshalb höchst ungern, wenn die Lagerbestände auf diese Weise zur Tür hinausmarschieren.

Mit einem kleinen, mitfühlenden Seufzer klappte die junge Dame das Gedichtbändchen zu und fragte nach dem Preis. Ich suchte die Bleistiftnotiz auf dem hinteren Deckblatt und zog dann die Steuertabelle zu Rate, die ich auf den Ladentisch geklebt hatte. Die letzte Anhebung hatte den Steuersatz auf achteinviertel Prozent anschwellen lassen. Es soll ja Leute geben, die so was im Kopf ausrechnen können, aber die sind bestimmt nicht in der Lage, ein Türschloß zu knacken. Gott hat uns alle mit verschiedenen Talenten bedacht, und jeder macht daraus, was er kann.

»Zwölf Dollar«, verkündete ich, »plus neunundneunzig Cent Steuer.« Sie legte einen Zehner und drei einzelne Dollarscheine auf den Tisch, und ich steckte das Buch in eine Papiertüte, klebte sie mit etwas Tesafilm zu und gab ihr einen Cent zurück.

Unsere Hände berührten sich für einen Augenblick, als sie die Münze entgegennahm, und irgendwie schien dabei ein Fünkchen übergesprungen zu sein. Kein Blitz, nichts, was einen aus den Latschen kippen würde, aber es war doch zu spüren. Sie warf ihren Kopf in den Nacken und ließ ihren Blick einen Moment auf mir ruhen. Der Verfasser eines romantischen Liebesromans hätte sicher vermerkt, daß zwischen uns ein stummer Gedankenaustausch stattfand, aber das ist dummes Zeug. Das einzige, was zwischen uns ausgetauscht wurde, war ein Cent.

Mein anderer Kunde betrachtete prüfend einen leinengebundenen Quartband von Matthew Gilligan, S.J. *Katogrammatik und Synkogrammatik* lautete der Titel, oder war's umgekehrt? Ich besaß das Buch schon, seit mir der alte Mr. Litzauer den Laden verkauft hatte, und wenn ich nicht gelegentlich die Regale abgestaubt hätte, hätte es wohl nie einer in die Hand genommen. Wenn der Bursche tatsächlich vorhaben sollte, etwas zu klauen, dann mochte er in Gottes Namen mit diesem Werk friedlich von dannen ziehen.

Aber er stellte es auf den Platz zurück, just als Mary Carolyn Davies mit meiner spröden kleinen Gedichtliebhaberin zur Tür hinausschwebte. Ich sah ihr nach, bis sie meine Türschwelle hinter sich gelassen hatte – sie trug ein Kostüm mit passender Baskenmütze in Pflaumen- oder Moosbeerfarbe, oder wie das in dieser Modesaison eben hieß. Die Farbe stand ihr gut. Mein männlicher Besucher näherte sich nun dem Ladentisch und stützte sich mit einer Hand darauf.

Sein Gesichtsausdruck, soweit der Bart etwas davon erkennen ließ, zeigte eine gewisse Zurückhaltung. Er fragte, ob ich Bücher ankaufe. Seine Stimme klang rostig, so als hätte er selten Gelegenheit, mit jemandem zu sprechen.

Ich bestätigte, daß ich Bücher kaufe, aber nur dann, wenn ich Aussicht hätte, sie auch wieder verkaufen zu können. Er legte seinen Diplomatenkoffer auf den Tisch, fummelte an den Schnappschlössern herum und enthüllte mir dann den Inhalt. Es war ein einziger großer Band, den er herausnahm und mir präsentierte. *Lepidoptera* war der Titel, und der Verfasser hieß François Duchardin. Es schien sich um eine erschöpfende Abhandlung über europäische Schmetterlinge und Motten zu handeln, soweit ich das dem französischen Text und den drastischen Farbtafeln entnehmen konnte.

»Das Titelbild fehlt«, erklärte er, als ich den Band durchblätterte. »Die anderen dreiundfünfzig Tafeln sind in Ordnung.«

Ich nickte, während meine Augen auf einem Schwalbenschwanz ruhten. Als Kind hatte ich diese Schöpfung mit einem selbstgebastelten Schmetterlingsnetz gejagt und in meiner Botanisiertrommel ins Jenseits befördert. Dann hatte ich ihre Flügel ausgebreitet und sie mit Nadeln auf den Boden von Zigarrenkistchen gespießt. Ich mußte damals wohl einen Grund für mein seltsames Benehmen gehabt haben, aber heute fand ich keine Erklärung mehr dafür.

»Graphikhändler würden die Bildtafeln herausnehmen«, bemerkte mein Besucher, »aber dies ist ein so begehrenswertes Buch und in so gutem Zustand, daß es einfach in ein Antiquariat gehört.«

Ich klappte den Band zu und fragte ihn, was er dafür haben wolle.

»Hundert Dollar, das macht weniger als zwei Dollar pro Farbtafel. Ein Graphikhändler würde fünf oder zehn Dollar für eine

Tafel verlangen, und die Innenarchitekten wären noch ganz wild drauf.«

»Mag sein«, murmelte ich und ließ einen Finger über die Oberkante des Buches gleiten, wo ein aufgestempeltes Rechteck die Worte »Öffentliche Leihbücherei der Stadt New York« umrahmte. Ich öffnete das Buch wieder und suchte den Ausmusterungsstempel. Bibliotheken trennen sich gelegentlich von Büchern, wie Museen auch hin und wieder Kunstwerke abstoßen. Doch Duchardins *Lepidoptera* schien mir nicht der richtige Kandidat für eine solche Maßnahme zu sein.

»Ja, ja, die Leihgebühren für überfällige Bücher können sich ganz hübsch summieren«, sagte ich mitfühlend. »Aber es gibt da doch von Zeit zu Zeit Tage, an denen man die verlorenen Schafe ungestraft zurückbringen kann. Das scheint mir zwar ungerecht uns gegenüber, die wir brav unser Scherflein entrichten, aber wahrscheinlich sorgt es dafür, daß die Bücher wieder in Umlauf kommen. Das ist schließlich das Wichtigste, hab ich recht?«

Ich klappte das Buch zu und legte es beiläufig wieder in den offenen Aktenkoffer zurück. »Ich kaufe keine Bibliotheksbücher.«

»Dann tut's jemand anders.«

»Das bezweifle ich nicht.«

»Ich kenne einen Händler, der seinen eigenen Ausmusterungsstempel hat.«

»Und ich kenne einen Schreiner, der Schrauben mit dem Hammer einschlägt.«

»Dieses Buch war nicht einmal in Umlauf. Es stand in einem verschlossenen Schrank in der Präsenzbibliothek, und es mußte ein eigener Antrag gestellt werden, um es in die Hand zu bekommen. Eine Bibliothek sollte doch für die Öffentlichkeit da sein, aber die glauben, sie sind ein Museum und halten die Leute von ihren besten Büchern fern.«

»Hat aber anscheinend nichts genützt.«

»Wieso?«

»Na, das hier konnten sie doch anscheinend nicht von Ihnen fernhalten.«

Er grinste und ließ dabei unregelmäßige, aber saubere Zähne sehen. »Ich krieg da alles raus, einfach alles.«

»Was Sie nicht sagen.«

»Nennen Sie mir ein Buch, und ich bringe es Ihnen.«

Er tippte auf die *Lepidoptera* und unternahm einen letzten Versuch. »Sie sind sicher, daß Sie das Buch nicht doch brauchen können? Über den Preis ließe sich reden.«

»Naturgeschichte ist nicht sehr gefragt in meinem Laden. Aber darum geht es gar nicht. Ich kaufe wirklich keine Bibliotheksbücher.«

»Das ist ein Jammer. Ich handle mit nichts anderem.«

»Ach, Sie sind darauf spezialisiert?«

Er nickte. »Ich würde doch einem Händler nichts wegnehmen, einem selbständigen Geschäftsmann, der sehen muß, daß er irgendwie zurechtkommt. Und einen Sammler würde ich auch nie beklauen. Aber Bibliotheken...« Er straffte die Schultern. »Ich war lange Zeit ein eifriger Student. Wenn ich nicht gerade schlief, hielt ich mich in einer Bibliothek auf, in öffentlichen Leihbüchereien oder in Universitätsbibliotheken. Ich habe zehn Monate in London verbracht und bin nie aus dem Britischen Museum hinausgekommen. Ich habe eine ganz besondere Beziehung zu Bibliotheken. Haßliebe könnte man das vielleicht nennen.«

»Verstehe.«

Er ließ seinen Diplomatenkoffer zuschnappen. »In der Bibliothek des Britischen Museums stehen zwei Gutenberg-Bibeln. Falls Sie jemals hören, daß eine davon verschwunden ist, dann wissen Sie, wer sie genommen hat.«

»Hm, was immer Sie irgendwo mitgehen lassen, bringen Sie es bloß nicht zu mir.«

Ein paar Stunden später saß ich im »Bum Rap«, meiner Stammkneipe, und schlürfte Perrier. Dabei erzählte ich Carolyn Kaiser von meinen aufregenden Erlebnissen. »Mir kam der Kerl doch gleich so vor«, resümierte ich, »als wäre er ein Fall für Hal Johnson.«

»Für wen?«

»Hal Johnson. Das ist ein Expolizist, der von der Bibliothek angestellt wurde, um überfällige Bücher herbeizuschaffen.«

»Die haben tatsächlich ehemalige Polizisten für so was?«

»Na, ja, nicht im wirklichen Leben, Carolyn. Hal Johnson ist eine Figur aus einer Serie von Kurzgeschichten, die James Holding verfaßt hat. Er verfolgt immer die Spur zu einem überfälligen Buch und wird dabei dann in viel ernstere Kriminalfälle verwickelt.«

»Die er natürlich löst.«

»Selbstverständlich, er ist ja kein Trottel. Also, weißt du, dieses Buch hat in mir Kindheitserinnerungen wachgerufen – ich hab damals selbst Schmetterlinge gefangen.«

»Hast du mir schon erzählt.«

Carolyn hatte ihren Martini ausgetrunken, und es gelang ihr, die Bedienung mit Blicken zum Nachschenken zu bewegen. Ich hatte immer noch eine ganze Menge von meinem Perrier. Das »Bum Rap« ist auf eine Weise verwahrlost, die es geradezu gemütlich macht. Außerdem liegt diese Pinte an der Ecke, wo sich die östliche elfte Straße und der Broadway kreuzen und damit genau einen halben Block entfernt von Barnegat Books und der Poodle Factory, in der Carolyn mit Hundepflege ihren Lebensunterhalt verdient.

»Perrier.« Carolyn rümpfte die Nase.

»Ich mag Perrier.«

»Das ist doch nichts anderes als aufgemotztes Wasser.«

»Wirst schon recht haben.«

»Wie steht's, hast du was vor für heute abend?«

»Ich werd erst ein paar Runden laufen und danach die Gegend unsicher machen.«

Carolyn wollte etwas sagen, verstummte aber, als sich die Bedienung mit dem nächsten Martini näherte. Die Serviererin war eine Blondine mit dunklem Haaransatz, hautengen Jeans und einer pinkfarbenen Bluse. Carolyns Augen folgten ihr, als sie an die Bar zurückkehrte. »Nicht schlecht«, stellte sie mit Kennermiene fest.

»Ich dachte, du wärst gerade verliebt?«

»In die Bedienung?«

»Nein, in die Steuerberaterin.«

»Ach, Alison.«

»Das letzte, was du mir in dieser Sache erzählt hast, war, daß ihr zusammen eine Steuererklärung ausgeknobelt habt.«

»Ja, ich bin für Angriff, und sie ist für Verteidigung. Ich war gestern mit ihr aus. Wir haben bei Jan Wallman in der Cornelia Street eine Art Fisch mit irgendeiner Sauce drauf gegessen.«

»Muß ja ein merkwürdiges Mahl gewesen sein.«

»Na, du weißt doch, daß ich ein Sieb im Hirn hab, wenn's um Details geht. Wir haben 'ne Menge Weißwein getrunken und Stephen Pender gelauscht, der eine romantische Ballade nach der anderen zum besten gab. Dann haben wir's uns noch bei mir gemütlich gemacht. Alison bewunderte meinen Chagall und schmuste mit meinen Katzen herum. Nur mit einer, um genau zu sein. Archie lag auf ihrem Schoß und schnurrte. Ubi bekam keine Streicheleinheiten ab.«

»Was lief dann schief?«

»Nun, sie ist eben nur eine politische und ökonomische Lesbe.«

»Was heißt das nun wieder?«

»Sie hält es für politisch wichtig, als Verfechterin des Feminismus sexuelle Beziehungen mit Männern zu vermeiden. Außerdem hat sie auch geschäftlich fast nur mit Frauen zu tun. Aber sie schläft nicht mit Frauen, weil ihr Körper noch nicht dazu bereit ist.«

»Aber was bleibt ihr dann übrig? Strichjungen?«

»Was bleibt, bin ich, auch wenn ich die Wand hochgehen könnte. Ich hab sie unter Alkohol gesetzt und ihr gut zugeredet, wie einem kranken Gaul, aber es hat mich keinen Schritt weitergebracht bei ihr.«

»Es ist gut, daß sie nicht mit Männern rumzieht. Die würden wahrscheinlich versuchen, sie sexuell auszubeuten.«

»Jawohl, die Männer sind so schlecht. Sie hat eine miese Ehe hinter sich und ist deshalb ziemlich sauer auf deine Geschlechtsgenossen. Außerdem hat sie auch noch den Namen von ihrem Verflossenen am Hals, weil sich ihre Kanzlei unter dem Namen etabliert hat. Und schließlich ist Warren ein Name, den man sich leicht merken kann. Ihr Mädchenname ist armenisch, und der käme ihr höchstens zustatten, wenn sie einen Teppichhandel betreiben würde. Für einen Steuerberater wäre der Name denkbar unvorteilhaft. Im übrigen rät sie dazu, Steuern zu umgehen, und nicht, sie zu bezahlen.«

»Dazu brauche ich keinen Rat, das habe ich ohnehin nicht vor.«

»Ich auch nicht. Wenn sie nicht so verdammt hübsch wäre,

würde ich sie zum Teufel jagen. Aber ich glaube, ich versuch's noch einmal bei ihr und schicke sie dann erst in die Hölle.«

»Siehst du sie heut' abend?«

»Nein, heute mach ich mal 'ne Sause. Ein paar Drinks, ein bißchen Lachen, und vielleicht begegnet mir auch ein kleines Glück. Soll schon vorgekommen sein.«

»Sei vorsichtig.«

»Das würde ich dir auch empfehlen.«

Ich nahm die U-Bahn nach Hause und vertauschte meine Straßenkleidung mit Nylonshorts und Jogging-Schuhen. Dann setzte ich mich in den Riverside Park ab, um wenigstens eine halbe Stunde zu laufen. Im Park drängelten sich die Läufer. Viele davon trainierten für den New York Marathon, der im Spätherbst stattfinden sollte. Ich hatte nicht soviel Ehrgeiz, sondern trabte nur gelegentlich ein paar Meilen.

Auch Wally Hemphill war einer, der die Sache ernst nahm. Er trainierte nach einem eigenen System, das wechselweise lange und kurze Strecken vorschrieb. Heute war das Kurzprogramm dran, also konnte ich mich ihm anschließen. Wallace Riley Hemphill war ein kürzlich geschiedener Rechtsanwalt Anfang Dreißig, der zu jung aussah, um überhaupt schon verheiratet zu sein. Er war irgendwo in Long Island aufgewachsen und lebte jetzt in der Columbus Avenue. Seine Einmannkanzlei lag auf der West Side. Während wir so dahinliefen, erzählte er mir von einer Frau, die er in einer Scheidungssache vertreten sollte.

»Ich nahm mich also der Sache an und zog ein paar Erkundigungen ein. Da stellte sich doch heraus, daß dieses bescheuerte Frauenzimmer überhaupt nicht verheiratet war. Sie lebte mit niemandem zusammen und hatte nicht mal einen Freund. Aber sie scheint so was öfter zu machen. Wenn's bei ihr im Gebälk knistert, rennt sie los, sucht sich einen Anwalt und reicht die Scheidung ein.«

Ich erzählte ihm von meinem Bücherdieb, der sich auf Bibliotheken spezialisiert hatte. Er war schockiert. »Bücher aus 'ner Bibliothek klauen? Wer macht denn so was?«

»Es gibt keinen Gegenstand, der nicht geklaut würde, und keinen Ort, an dem dies nicht geschieht.«

»Komische Welt.«

Ich beendete meinen Lauf, machte ein paar Lockerungsübungen und trottete zurück zu meinem Apartmenthaus an der Ecke Einundsiebzigste Straße und West End. Ich duschte, dehnte und streckte mich und sank dann ermattet auf die Couch. Für ein Weilchen schloß ich die Augen.

Dann stand ich auf, suchte zwei Telefonnummern heraus und drehte die Wählscheibe. Bei der ersten Nummer meldete sich niemand. Bei der zweiten hatte ich mehr Glück. Nach dem zweiten oder dritten Läuten wurde der Hörer abgenommen, und ich plauderte kurz mit der Person am anderen Ende der Leitung. Danach versuchte ich noch mal die erste Nummer und ließ es mindestens ein Dutzendmal klingeln. Es kam mir wie eine Ewigkeit vor. Nichts. So weit, so gut.

Ich hatte die Wahl zwischen einem braunen und einem blauen Anzug, und ich entschied mich für den blauen, wie immer. Dazu suchte ich mir ein blaues Hemd mit Oxford-Kragen heraus und eine gestreifte Krawatte, die jedem Engländer signalisiert hätte, daß ich aus einem guten Stall kam. Für einen Amerikaner bedeutete mein Aufzug höchstens einen Hinweis auf meine Seriosität und Integrität. Der Krawattenknoten gelang mir auf Anhieb, was ich als gutes Omen betrachtete.

Marineblaue Socken und schwarze Halbschuhe vervollkommneten meine äußere Erscheinung. Die Schuhe waren zwar etwas weniger bequem als meine Jogging-Schuhe, dafür aber konventioneller. Sobald ich meine orthopädischen Einlagen hineingesteckt hatte, paßten sie auch ganz leidlich.

In ein Diplomatenköfferchen aus beigem Kunstleder mit hellglänzenden Messingbeschlägen packte ich die Utensilien meines Berufsstandes – ein Paar Gummihandschuhe mit herausgeschnittenen Handflächen, einen Bund niedlicher kleiner Stahlwerkzeuge, eine Rolle Klebeband, eine starke, bleistiftförmige Taschenlampe, einen Glasschneider, ein flaches Stück Zelluloid, eine hauchdünne, biegsame Metallplatte und noch so allerlei. Würde ich mit meiner Ausrüstung der Polizei in die Arme laufen, könnte ich mit einem längeren Aufenthalt auf Staatskosten rechnen.

Bei dem Gedanken verkrampfte sich mein Magen, und ich war froh, daß ich das Abendessen hatte ausfallen lassen. Ich spürte aber auch das vertraute Kribbeln in den Fingerspitzen und die Belebung meines Blutkreislaufs. Lieber Gott, laß mich diesen kindischen Reaktionen entwachsen – aber noch nicht gleich, wenn sich's einrichten läßt. Obenauf legte ich noch einen unverfänglichen, linierten Schreibblock und steckte einige Bleistifte und Kugelschreiber in die innere Jackentasche, zusammen mit einem ledernen Notizbuch. In meiner äußeren Jackentasche befand sich bereits ein Taschentuch. Als ich den Flur entlang zum Aufzug ging, hörte ich ein Telefon bimmeln. Vielleicht war's das meine. Ich kümmerte mich nicht darum. Der Portier an der Eingangstür beäugte mich mißgünstig. Draußen fuhr gerade ein Taxi vor, das mir wie gerufen kam.

Ich nannte dem glatzköpfigen Fahrer eine Adresse auf der Fifth Avenue, zwischen der Sechsundsiebzigsten und Siebenundsiebzigsten Straße. Er fuhr durch den Central Park. Während er über Baseball und arabische Terroristen lamentierte, beobachtete ich die zahllosen Jogger, deren Tun mir nun, da ich auf dem Weg zur Arbeit war, höchst müßig erschien.

Ich verließ das Taxi etwa einen halben Block von meinem Ziel entfernt, dann überquerte ich die Fifth Avenue und mischte mich unter die Wartenden an einer Bushaltestelle. So konnte ich in Ruhe die unbezwingbare Festung gegenüber begutachten.

Das war es also. Ein massives, gedrungenes Apartmenthaus, gebaut zwischen den Kriegen und mit seinen zweiundzwanzig Stockwerken den Park beherrschend. Das Charlemagne, so hatte es sein Erbauer genannt, erschien gelegentlich in den Immobilienspalten der *Sunday Times*. Wenn seine Apartments den Besitzer wechselten, dann taten sie dies für sechsstellige Summen, hohe sechsstellige Summen, wohlgemerkt.

So ab und zu höre oder lese ich irgend etwas über eine Persönlichkeit, einen Münzsammler zum Beispiel, und ich notiere mir den Namen, für den Fall der Fälle. Wenn ich aber dann erfahren sollte, daß diese Person im Charlemagne wohnt, dann streiche ich sie flugs von meiner Liste. Das wäre nämlich genauso, als wenn ich wüßte, daß jemand seine gesamten Schätze im Tresorraum einer Bank vergraben hat. Das Charlemagne verfügte über einen Portier und einen Empfangschef, über Liftboys und Kameras in den Fahrstühlen. Weitere Kameras überwachten den Lieferanteneingang, die Tiefgarage und weiß der Himmel was noch alles. Der Empfangschef hatte auf seinem Tisch eine Konsole mit sechs oder acht Bildschirmen, die er nicht aus den Augen ließ. Das Charlemagne war die Verkörperung absoluter Sicherheit. Ich hatte zwar Verständnis für das Sicherheitsstreben der Bewohner, aber gutheißen konnte ich das beim besten Willen nicht.

Ein Bus rollte heran und nahm die meisten der Umstehenden mit. Ich nahm mein Köfferchen mit Einbruchswerkzeugen fester in die Hand und überquerte die Straße.

Der Portier des Charlemagne musterte mich mit Blicken, die mich zu einem Platzanweiser in einer Peep-Show zusammenschrumpfen ließen. Er hatte mehr Goldstickereien aufzuweisen als ein ecuadorianischer Admiral, und er besaß mindestens soviel Selbstbewußtsein wie ein solcher. Er beäugte mich von Kopf bis Fuß und blieb sichtlich unbeeindruckt.

»Bernard Rhodenbarr«, näselte ich, »Mr. Onderdonk erwartet mich.«

2

Natürlich gab er sich nicht mit meinem Wort zufrieden. Er reichte mich an den Empfangschef weiter, blieb aber daneben stehen, für den Fall, daß ich Schwierigkeiten machen würde. Der Empfangschef rief über das Haustelefon bei Onderdonk an und bestätigte mir dann, daß dieser mich erwarte. Sodann wurde ich dem Fahrstuhlführer übergeben, der mich dem Himmel gut fünfzig Meter näher brachte. Es gab tatsächlich eine Kamera im Aufzug, und ich versuchte krampfhaft, nicht hinzusehen. Es durfte aber auch nicht so wirken, als würde ich absichtlich daran vorbeisehen. Ich fühlte mich so unbekümmert wie ein wohlerzogenes Mädchen an seinem ersten Arbeitstag als Oben-ohne-Bedienung. Der Fahrstuhl war eine höchst feudale Angelegenheit mit Rosenholzverkleidung, viel glänzendem Messing und einem dicken, burgunderroten Teppich. Ganze Familien haben schon in weitaus beschränkteren Räumlichkeiten gehaust. Trotzdem war ich erleichtert, als ich die Fahrt hinter mir hatte.

Im sechzehnten Stock ließ mich der Liftboy aussteigen und deutete auf eine der Türen. Er wartete bis sie geöffnet wurde. Durch eine Sicherheitskette wurde die Tür schon nach ein paar Zentimetern gebremst. Der Türspalt genügte Mr. Onderdonk, um mich wiederzuerkennen. Er schenkte mir ein Lächeln und fingerte an dem Schloß herum. »Ah, Mr. Rhodenbarr, schön, daß Sie gekommen sind.« Dann rief er dem Liftboy ein »Vielen Dank, Eduardo« zu. Erst jetzt zog sich der Fahrstuhlführer in seinen Käfig zurück und verschwand damit nach unten.

»Ich bin so ungeschickt, heute abend«, entschuldigte sich Onderdonk. Bis er es dann endlich geschafft hatte, die Sperrkette auszuhängen und die Tür ganz zu öffnen. »Kommen Sie herein, Mr. Rhodenbarr, hier entlang bitte. Ist es noch immer so angenehm draußen wie heute nachmittag? Was möchten Sie trinken? Ich hab gerade Kaffee gekocht, möchten Sie vielleicht eine Tasse?«

»Ja, Kaffee nehme ich sehr gern.«

»Milch und Zucker?«

»Schwarz, ohne Zucker.«

»Sehr zu empfehlen.«

Er dürfte so um die sechzig gewesen sein, mit sorgfältig gescheitelten grauen Haaren und wettergegerbtem Gesicht. Er war klein und zierlich. Vielleicht war sein militärisches Gehabe der Ausgleich dafür. Möglicherweise war er früher auch tatsächlich beim Militär gewesen. Es schien aber doch so, als hätte er nie als Portier oder ecuadorianischer Admiral gedient.

Wir tranken unseren Kaffee an einem Marmortischchen im Wohnzimmer. Auf dem Boden lag ein Aubusson, und die Einrichtung bestand größtenteils aus Louis-quinze-Möbeln. Die verschiedenen Gemälde, ausschließlich abstrakte Kunst des zwanzigsten Jahrhunderts in schlichten Aluminiumrahmen, bildeten einen wirkungsvollen Kontrast zu den Stilmöbeln. Eines davon zeigte blaue und beige, amöbenartige Gebilde auf cremefarbenem Grund. Das mußte ein Werk von Hans Arp sein, während die Leinwand über dem Kamin unzweifelhaft Mondrian zuzuschreiben war. Ich kann nicht in jedem Fall einen Rembrandt von Hals und einen Picasso von Braque unterscheiden, aber Mondrian ist und bleibt eben Mondrian. Ein schwarzes Gitter, ein weißes Feld, ein paar Vierecke in Primärfarben – der Mann hatte einen Stil, alles was recht ist.

Auf beiden Seiten des Kamins reichten Bücherregale vom Fußboden bis zur Decke, und ihnen verdankte ich auch meine Gegenwart. Vor ein paar Tagen war Gordon Kyle Onderdonk bei Barnegat Books hereingeschneit, hatte ein Weilchen herumgestöbert, zwei oder drei vernünftige Fragen gestellt und einen Roman von Louis Auchincloss gekauft. Auf dem Weg zur Tür hatte er sich noch mal umgedreht und gefragt, ob ich gelegentlich auch Büchersammlungen schätzen würde.

»Ich bin nicht daran interessiert, meine Bücher zu verkaufen. Jedenfalls halte ich es derzeit für unwahrscheinlich, obwohl ich in absehbarer Zeit an die Westküste übersiedeln werde und es vernünftiger wäre, mich davon zu trennen. Wie dem auch sei, es hat sich eine Menge angesammelt im Lauf der Jahre. Da muß ich zumindest eine Versicherung abschließen, falls mal ein Feuer ausbricht. Außerdem wäre es doch gut zu wissen, ob die Bücher ein paar hundert oder ein paar tausend Dollar wert sind.«

Ich habe noch nicht viele derartige Gutachten erstellt, aber es ist eine Arbeit, die mir Spaß macht. Man kann zwar nicht sehr viel dafür verlangen, aber man hat die Chance, daß man eine Bibliothek, die man erst nur schätzen sollte, plötzlich zum Kauf angeboten bekommt.

Die nächsten eineinhalb Stunden verbrachte ich mit meinem Schreibblock und einem Kugelschreiber. Ich kritzelte Zahlen und addierte sie. Ich nahm mir alle Bücher in den Walnußholzregalen neben dem Kamin und in seinem Arbeitszimmer vor.

Es war eine interessante Bibliothek. Onderdonk hatte nie gezielt Bücher gesammelt. Er gestattete ihnen lediglich, sich im Lauf der Jahre zu vermehren. Es gab einige Gesamtausgaben in Leder – einen hübschen Hawthorne, einen Defoe, den unvermeidlichen Dickens – und ein Dutzend limitierter Ausgaben, die bestimmt einen guten Preis erzielen würden. Dann waren da mehrere Dutzend Heritage-Press-Bände, für die man höchstens acht oder zehn Dollar verlangen konnte, die dafür jedoch gut zu verkaufen wären. Er besaß außerdem eine Reihe Erstausgaben beliebter Autoren, aber auch historische Werke. Naturwissenschaftliches war kaum zu finden. Keine *Lepidoptera*.

Er hatte sich selbst um viel Geld gebracht. Wie so viele Nichtsammler hatte er von den meisten Büchern die Umschläge entfernt und sie somit um den größeren Teil ihres Wertes gebracht. Es gibt jede Menge moderner Erstausgaben, die mit ihrem Schutzumschlag vielleicht hundert Dollar wert sind, ohne ihn jedoch höchstens zehn oder fünfzehn Dollar. Onderdonk war erstaunt, das zu hören. So geht's den meisten Leuten.

Er brachte mir frischen Kaffee, als ich mich setzte, um ein paar Zahlenreihen zu addieren, und diesmal hatte er auch noch eine Flasche Irish Mist mitgebracht. »Ich hab gern einen Tropfen davon in meinem Kaffee, möchten Sie auch?«

Das klang nicht übel, aber wo käme man denn hin ohne gute Vorsätze? Ich schlürfte also meinen Kaffee pur und fuhr fort, Zahlen zu addieren. Die Summe belief sich auf über fünftausendvierhundert Dollar. Ich sagte sie ihm, gab aber zu bedenken, daß ich ohne Nachschlagewerke keine exakten Zahlen nennen könne. Der Wert ließe sich wohl auf etwa sechstausend Dollar beziffern.

»Und wofür steht dieser Betrag?«

»Es handelt sich dabei um den Ladenpreis, um den angemessenen Marktwert.«

»Und wenn Sie als Händler die Bücher kaufen würden, vorausgesetzt, Sie interessieren sich für so was –«

»Ich wäre schon interessiert«, gab ich zu. »Für diese Art von Büchern könnte ich Ihnen fünfzig Prozent anbieten.«

»Sie könnten mir also dreitausend Dollar bezahlen?«

»Nein, für mich wäre die erste Zahl maßgebend, die ich Ihnen genannt habe. Ich würde Ihnen zweitausendsiebenhundert Dollar dafür geben. Selbstverständlich ginge die Abholung der Bücher dann zu meinen Lasten.«

»Verstehe.« Er schlürfte seinen Kaffee und legte eines seiner dünnen Beinchen über das andere. Seine grauen Flanellhosen und die Hausjacke mit Lederknöpfen waren erstklassig geschnitten. Die Schuhe, vermutlich aus Haifischleder gearbeitet, wirkten sehr elegant und machten einen schmalen Fuß. »Derzeit möchte ich nicht verkaufen, aber wenn ich umziehe, werde ich auf Ihr Angebot gerne zurückkommen.«

»Bücher steigen und fallen im Preis. Möglicherweise wird Ihre Bibliothek in ein paar Monaten mehr oder weniger wert sein.«

»Das ist mir klar. Wenn ich mich aber entschließen sollte, zu verkaufen, dann wird nicht der Preis, sondern die Bequemlichkeit ausschlaggebend sein. Ich vermute, daß es mir dann angenehmer sein wird, Ihr Angebot zu akzeptieren, als mit den Büchern hausieren zu gehen.«

Ich blickte über seine Schulter auf den Mondrian und überlegte, wieviel er wohl wert sein mochte. Vermutlich das Zwanzig- oder Dreißigfache seiner Bibliothek. Und sein Apartment war bestimmt auf das Drei- oder Vierfache des Mondrians zu beziffern. Da kümmerten ihn tausend Dollar mehr oder weniger für ein paar alte Bücher natürlich nicht besonders.

»Ich möchte Ihnen danken.« Mr. Onderdonk erhob sich. »Zweihundert Dollar, sagten Sie, betragen Ihre Gebühren?«

»Ganz recht.«

Er zog seine Brieftasche heraus. »Ich hoffen, Sie nehmen auch Bargeld.«

»Worauf Sie sich verlassen können.«

»Manche Leute lehnen es ab, Bargeld mit sich zu führen. Ich verstehe das, wir leben in gefährlichen Zeiten.«

Er blätterte mir vier Fünfzigdollarnoten hin, und ich beeilte mich, ihnen in meiner Brieftasche Asyl zu gewähren.

»Wenn ich vielleicht noch Ihr Telefon benützen dürfte –?«

»Selbstverständlich. Bitte, kommen Sie mit in mein Arbeitszimmer.«

Ich wählte die Nummer, die ich schon zu Hause vergeblich versucht hatte. Wieder ließ ich es bestimmt ein dutzendmal klingeln, sprach dabei aber in die Muschel, so, als hätte sich jemand gemeldet. Ich hatte zwar keine Ahnung ob Mr. Onderdonk überhaupt in Hörweite war, aber ich wollte keinen Fehler begehen. Warum sollte ich unnötig Aufmerksamkeit erregen?

Nachdem ich endlich überzeugt war, daß niemand abheben würde, legte ich auf und kehrte ins Wohnzimmer zurück. »Also nochmals vielen Dank für den Auftrag, Mr. Onderdonk.« Ich packte meinen Schreibblock in den Diplomatenkoffer. »Wenn Sie eine Zusatzversicherung für Ihre Bibliothek abschließen möchten, kann ich Ihnen das Gutachten selbstverständlich auch schriftlich geben. Und ich könnte die Zahlen auch ein wenig nach unten oder oben korrigieren, ganz wie Sie möchten.«

»Ich werd dran denken.«

»Und bitte lassen Sie mich wissen, wenn Sie Ihre Bücher mal loswerden wollen.«

»Das werde ich ganz gewiß tun.«

Er begleitete mich zur Tür, öffnete sie und ging mit mir in die Halle hinaus. Der Aufzug befand sich gerade im Erdgeschoß. Ich ließ meine Finger über den Druckknopf gleiten, vermied aber geflissentlich, ihn zu drücken.

»Ich möchte Sie nicht länger aufhalten, Mr. Onderdonk.«

»Aber das macht doch nichts. Augenblick mal, klingelt da nicht mein Telefon? Dann darf ich mich wohl gleich verabschieden, Mr. Rhodenbarr.«

Wir schüttelten uns herzlich die Hände, und er beeilte sich, in sein Apartment zurückzukehren. Die Tür fiel ins Schloß. Ich zählte bis zehn, flitzte quer durch die Halle, riß die Feuertür auf und stürmte vier Treppen hinunter.

3

Auf dem Treppenabsatz zum elften Stock rastete ich, bis ich wieder zu Atem gekommen war. Dank meiner Jogging-Runden im Riverside Park dauerte das nicht lange.

(Wie mich vier Treppen vom sechzehnten in den elften Stock gebracht haben? Es gab keinen dreizehnten Stock! Sie, verehrter Leser, haben das sicherlich gewußt.)

Die Feuertür war von der Treppenseite her verschlossen. Eine weitere Sicherheitsmaßnahme. Die Bewohner (oder wer auch immer) konnten zwar im Fall eines Brandes oder eines Fahrstuhldefekts die Feuertreppe benutzen, aber sie konnten sie nur in der Empfangshalle verlassen. Zu anderen Stockwerken hatten sie auf diese Weise keinen Zutritt.

Nun, das war zwar in der Theorie ganz hübsch, aber ein paar Zentimeter flexiblen Metalls taten das ihre, um mir den Weg frei zu machen. Einen Augenblick prüfte ich, ob die Luft, oder zumindest der Korridor, rein war.

Dann durchquerte ich den Flur und lief zum Apartment 11-B. Durch den Türspalt fiel kein Licht, und mein an die Tür gepreßtes Ohr vernahm keinen Laut. Ich hatte auch nichts anderes erwartet, nachdem ich eben noch das Telefon in dieser Wohnung auf eine Geduldsprobe gestellt hatte. Aber es gibt bei Einbrüchen genügend Zufälle, man muß sie nicht noch unnötig provozieren. Ich drückte einen Perlmuttknopf neben der Tür und hörte es in der Wohnung klingeln. Nichts sonst regte sich. Den Türklopfer probierte ich vorsichtshalber nicht aus. Schließlich wollte ich nicht unbedingt Krach schlagen und außerdem schnellstmöglich von diesem Flur wegkommen. Ich wandte mich also meiner Aufgabe zu.

Zuerst die Alarmanlage. Sie meinen wahrscheinlich, daß so was im Charlemagne nicht nötig wäre, aber Sie haben vermutlich auch kein Haus voller Kunstwerke und keine Briefmarkensammlung, die sich mit der von König Faruk messen könnte. Hab ich recht?

Wenn die Herren Einbrecher schon kein unnötiges Risiko eingehen wollen, warum sollten es dann ihre Opfer tun?

Man konnte sehen, daß es eine Alarmanlage gab, weil ein Schlüsselloch dafür vorhanden war. In Schulterhöhe blinkte ein vernickelter Zylinder von etwa eineinhalb Zentimeter Durchmesser. Was man zusperren kann, kann man auch aufsperren. An meinem Schlüsselbund gab es dafür allerlei Gerätschaften.

Ich drehte einen Spezialschlüssel im Schloß und hoffte, daß damit der Fall erledigt wäre. Mit Alarmsystemen ist das so eine Sache. Man weiß nie genau, welche Fallstricke da auf einen lauern. Vielleicht klingelte es schon ganz widerwärtig unten am Empfang, oder in den Büros eines Sicherheitsdienstes?

Das zweite, das eigentliche Türschloß stammte von der Firma Poulard. Und wenn man der Werbung dieser Firma glauben durfte, hatte es bislang noch niemand geschafft, so ein Schloß zu knacken. Ich sollte wohl mal ein Wörtchen mit Poulard reden, denn entweder war es mir gelungen, ein Poulard-Schloß zu öffnen, oder ich hatte mich so lang und dünn gemacht, daß ich durch das Schlüsselloch kriechen konnte. Jedenfalls stand ich binnen drei Minuten im Innern des Apartments.

Ich schloß die Tür und ließ den Strahl meiner Taschenlampe über die Innenseite gleiten. Auf den ersten Blick sah es nicht so aus, als hätte ich versehentlich Alarm ausgelöst. Nach eingehender Prüfung begann ich dann vergnügt zu kichern.

Es gab überhaupt keine Alarmanlage. Man hatte lediglich den vernickelten Zylinder von außen an die Tür geschraubt. Das hatte dieselbe Wirkung wie das Schild »Vorsicht – bissiger Hund!« an den Gartentüren von Leuten, die nie im Leben einen Hund besessen haben. Das Schild war billiger als Hundefutter und bequemer als Gassigehen. Eine Alarmanlage hätte an die tausend Dollar gekostet, bei dem Zylinder ging es mit ein paar Scheinen ab. Das Ergebnis war dasselbe. Mein Herz war allmählich voll Bewunderung für John Charles Appling. Sah so aus, als wäre es ein Vergnügen, mit ihm in Geschäftsverbindung zu treten.

Ich hatte ziemlich sicher gewußt, das Appling nicht zu Hause war. Laut Presseberichten weilte er derzeit im Greenbrier in White Sulphur Springs, spielte Golf, ließ sich die Sonne auf den Pelz brennen und nahm an einer steuerlich absetzbaren Tagung der »Freunde des amerikanischen Wildtruthahns« teil.

Vorsichtshalber verriegelte ich die Tür und holte die Gummihandschuhe aus meinem Köfferchen. Sorgfältig wischte ich alle Flächen ab, die ich vielleicht berührt haben könnte. Die Außenseite der Tür würde ich mir erst beim Verlassen der Wohnung vornehmen. Dann gestattete ich mir eine Verschnaufpause, um meine Augen an die Dunkelheit zu gewöhnen und, das muß ich zugeben, um das Gefühl zu genießen.

Und welch ein Gefühl das war! Ich hab mal von einer Frau gelesen, die jeden freien Augenblick auf Coney Island verbrachte und nichts anderes tat, als mit der riesigen Achterbahn zu fahren. Immer und immer wieder. Anscheinend war das für sie genauso aufregend wie für mich das Bewußtsein, unberechtigt in einer fremden Wohnung zu sein. Da ist eine absolute Wachheit der Sinne, Feuer im Blut und das Gefühl von Leben in jeder einzelnen Zelle meines Körpers. Dieses Gefühl hatte ich schon, als ich im zartesten Alter in das Haus unseres Nachbarn einstieg. Es hat mich nie verlassen und sich durch die Vielzahl der Verbrechen und Strafen auch nicht verändert.

Ich möchte mich dessen nicht rühmen. Zwar bin ich stolz auf meine Geschicklichkeit, aber keineswegs auf die Kraft, die mich zu solchen Dingen treibt. Ich bin, so fürchte ich, zum Dieb geboren. Und der Zwang zum Stehlen ist mit mir herangewachsen.

Wie sollten sie mir das jemals abgewöhnen können? Kann man einen Fisch dazu bringen, das Schwimmen zu lassen oder einen Vogel das Fliegen?

Allmählich hatten sich meine Augen an das Dunkel gewöhnt, und meine Erregung anläßlich des rechtlich nicht ganz vertretbaren Eindringens war einem weniger heftigen Gefühl des Wohlbehagens gewichen. Mit der Taschenlampe unternahm ich einen raschen Rundgang durch das Apartment, denn selbst wenn die Applings mit den Truthähnen beschäftigt waren, hätte doch ein Verwandter, ein Freund oder ein Dienstbote anwesend sein können. Vielleicht schlief er gerade friedlich oder kauerte halbtot vor Angst in einer Ecke. Vielleicht rief er aber auch gerade klammheimlich das nächste Polizeirevier an. Ich unterzog sämtliche Räume einer schnellen Prüfung, konnte jedoch außer den Grünpflanzen nichts Lebendiges entdecken. Im Wohnzimmer schaltete ich die Beleuchtung ein. Ich hatte nun die Qual der Wahl. Allein in diesem Raum gab es eine solche Anzahl von Tiffany-Lampen, daß sie unschwer einen Zusammenbruch der Stromversorgung verursachen konnten, hätte man sie alle miteinander eingeschaltet. Große Lampen, kleine Lampen, Tischlampen, Stehlampen – kein Mensch braucht soviel Licht. Aber Sammelleidenschaft ist eben irrational und maßlos. Appling besaß tausende und abertausende von Briefmarken, und wie viele Briefe pflegte er wohl zu verschicken?

Tiffany-Lampen sind heutzutage ein Vermögen wert. Ich erkannte die Libellen-Lampe und die Glyzinien-Lampe. Nur ein paar davon würden bei Parke leicht die Kosten für ein Häuschen im Grünen einbringen. Allerdings würden sie einem auch zum kostenlosen Urlaub hinter Gittern verhelfen, wenn man versuchen sollte, mit den Lampen das Charlemagne zu verlassen. Ich begnügte mich mit der eingehenden Betrachtung und ließ sie, mit ein paar weiteren hübschen Kleinigkeiten, dort, wo sie waren.

Die Applings hatten offenbar getrennte Schlafzimmer. Im Zimmer der Dame des Hauses fand ich in der obersten Kommodenschublade einen Schmuckkasten aus Schildpatt. Zwar war er verschlossen, aber der Schlüssel lag gleich daneben. Prächtige Dinge glitzerten vor mir, aber ich widerstand der Versuchung. Lediglich ein Paar Rubinohrringe erwiesen sich als unwiderstehlich und hüpften fast von selbst in meine Tasche. Würde Mrs. Appling ausgerechnet ein Paar Ohrringe aus einem Koffer voller Schmuckstücke vermissen? Und selbst wenn, würde sie dann nicht denken, sie hätte sie verlegt? Welcher Einbrecher sollte schon ein Paar Ohrringe klauen und alles andere liegenlassen?

Ein gerissener Einbrecher selbstverständlich. Einer, dessen Anwesenheit im Charlemagne an diesem Abend registriert worden war und der deshalb vermeiden mußte, etwas zu stehlen, das man sofort vermissen würde. Was die Ohrringe betrifft – na ja, ich hab sie eingesteckt. Ist schließlich mein Beruf, und ganz ohne Risiko kann man eben nicht leben. Doch von dem Bündel mit Fünfzig- und Hundertdollarnoten, das ich in Mr. J. C. Applings Kommode fand, ließ ich hübsch die Finger.

Das hat mich, wie ich zugeben muß, einige Überwindung gekostet. Es war zwar nicht gerade ein Vermögen, flüchtig überschlagen etwa zweitausendachthundert Dollar, aber Geld ist Geld, und Bargeld ist schon eine sehr feine Sache. Gestohlene Gegenstände muß man erst mal verstecken und dann an den Mann bringen. Bargeld dagegen kann man einfach behalten und nach Belieben ausgeben.

Allerdings war die Gefahr, daß der Diebstahl bemerkt wurde, sehr groß. Es hätte unter Umständen das erste sein können, was Appling nach seiner Rückkehr überprüfte. Er wüßte sofort, daß er es nicht verlegt hatte und daß es ebensowenig auf eigenen Beinen aus der Wohnung marschiert war.

Ich überlegte, ob ich vielleicht ein paar Scheine einstecken könnte. Aber wie viele wären schon einer zuviel? Es war klüger, das Geld liegenzulassen.

Allmählich spürte ich, daß meine Suche bald von Erfolg gekrönt sein würde. Über einem Tisch hing in einem antiken Rahmen ein Audubon-Stich, der einen amerikanischen Wildtruthahn zeigte. Auf dem Tisch prangte ein Dutzend grüner Folianten. Es handelte sich um Scott-Briefmarkenalben. Genau das war es, was sich ein Einbrecherherz wünschte. Britisch-Asien, Britisch-Afrika, Britisch-Europa, Britisch-Amerika, Britisch-Ozeanien, Frankreich und die französischen Kolonien, Benelux, Süd- und Zentralamerika, Skandinavien und zuletzt noch ein Album für die Vereinigten Staaten.

Ich blätterte einen Band nach dem anderen durch. Applings Briefmarken waren nicht mit Klebstreifen befestigt, sondern steckten jeweils in eigenen kleinen Plastiktaschen. Ich hätte nun einzelne Plastikhüllen herausnehmen können, aber es war schneller, einfacher und unauffälliger, gleich ganze Seiten aus den Loseblatt-Alben zu nehmen. Das tat ich dann auch.

Ich kenne mich ein bißchen mit Briefmarken aus, obwohl es sicher noch 'ne ganze Menge Dinge gibt, die ich nicht darüber weiß. Aber ich erkenne wenigstens sehr schnell, welche Marken in einem Album meine spezielle Aufmerksamkeit verdienen. Im Benelux-Band sortierte ich alle Wohlfahrtsmarken aus. Die Sätze waren komplett, postfrisch und leicht zu verkaufen. Außerdem fanden die meisten Klassiker des neunzehnten Jahrhunderts in mir einen neuen Besitzer.

Als ich alle Alben durchgeackert hatte, war mein Diplomatenkoffer prall gefüllt mit Albumseiten, ohne daß man den grünen Folianten auf dem Tisch die Abmagerungskur angesehen hätte. Ich hatte mich mit höchstens jeder zwanzigsten Seite begnügt, aber die war es dann auch wert. Wobei ich sicher die eine oder andere Rarität übersehen hatte und gewiß auch einige Nieten im Gepäck hatte. Doch unterm Strich hatte ich ganz bestimmt ein gutes Geschäft gemacht.

Noch hatte ich keine Vorstellung davon, was das Zeug einbringen würde, aber die eine oder andere Marke sollte wohl einen fünfstelligen Betrag abwerfen. Es war allerdings zu bedenken, daß die wertvollen Marken nur mit größter Vorsicht zu veräußern waren. Und der potentielle Käufer würde wissen, daß es sich um Diebesgut handelte, und vermutlich nur einen Bruchteil des tatsächlichen Wertes bezahlen. Die weniger wertvollen Marken würden dagegen einen vergleichsweise hohen Anteil ihres Marktwertes bringen.

Was hatte ich also in meinem Köfferchen? Hunderttausend Dollar? Das war gar nicht so unwahrscheinlich. Und was würde es mir letztendlich einbringen? Dreißigtausend, fünfunddreißigtausend?

Ein nettes Sümmchen. Aber eben nicht mehr als eine Vermutung. Ich konnte mich in jeder Richtung um Meilen geirrt haben. In vierundzwanzig Stunden würde ich mehr wissen. Dann wären die Marken, nach Sätzen geordnet, fein säuberlich in Cellophantütchen verstaut und die Preise nach dem Scott-Katalog überprüft. Die Seiten aus Applings Alben, die Plastikhüllen und alle Marken, die verräterische Merkmale aufwiesen, wären dann vernichtet. Und in nicht mehr als einer Woche hätten alle Briefmarken neue Besitzer und ich eine Menge Bargeld.

Es konnte Monate dauern, bis Appling den Verlust bemerkte. Vielleicht entdeckte er das Fehlen der Seiten, wenn er zum erstenmal eines der Alben durchblätterte. Es war aber gar nicht so sicher, daß ihm die Lücken überhaupt auffielen.

Es spielte auch gar keine Rolle, denn keinesfalls würde er den Diebstahl sofort nach seiner Rückkehr entdecken. Und wenn er ihn irgendwann mal bemerken sollte, könnte der Zeitpunkt des Diebstahls nicht mehr festgestellt werden. Mr. Applings Versicherung würde zahlen – oder auch nicht. Er würde die Angelegenheit mit Gewinn oder mit Verlust abschließen – wen kümmerte das schon? Mich bestimmt nicht. Ein paar bunte Papierchen hatten ihren Besitzer gewechselt, ebenso wie ein paar grüne Scheine. Und kein Mensch auf Gottes Erdboden würde wegen meiner nächtlichen Aktivität hungern müssen.

Ich will mich damit nicht rechtfertigen. Einbruch ist und bleibt moralisch verwerflich, das ist mir klar. Aber ich habe nicht die Münzen von den Augen eines Toten geklaut, einem Kind das Brot aus dem Mund genommen oder Dinge entwendet, die für den Eigentümer einen überaus lebenswichtigen Wert darstellen. Ehrlich gesagt, ich habe ein besonderes Faible für Sammler. Ihre Schätze kann ich mir ohne die geringsten Gewissensbisse aneignen.

Der Gesetzgeber sieht die Angelegenheit allerdings etwas enger. Der macht keinen Unterschied zwischen ein paar überflüssigen Briefmarken und der schmalen Rente einer Witwe. Trotz all meiner vernünftigen Überlegungen empfiehlt es sich also, möglichst nicht zwischen die Mühlräder der Justiz zu geraten.

Zunächst einmal hieß das, daß ich schnellstens hier verschwinden mußte. Ich knipste das Licht aus und schlich zur Wohnungstür. Mein Magen knurrte heftig, aber ich verkniff es mir, den Kühlschrank nach etwas Eßbarem zu durchsuchen. Sing-Sing und Attica quollen nur so über von Kollegen, die sich noch schnell vor dem Rückzug ein Sandwich zwischen die Kiemen schieben mußten. Und überhaupt, wenn ich erst mal draußen war, konnte ich mir ein ganzes Restaurant kaufen.

Ich äugte durch den Spion auf den Korridor hinaus und lauschte. Nichts zu sehen und nichts zu hören. Ich öffnete die Tür, ein prüfender Blick nach links und rechts, und ich stand im Hausflur. Erneut machte ich mich an dem Poulard-Schloß zu schaffen, diesmal allerdings, um wieder ordentlich abzusperren. Dann wischte ich noch eventuelle Fingerabdrücke von der Tür und flitzte mit meinem Aktenkoffer auf den Notausgang zu. Als ich auf der Feuertreppe stand und sich die Eisentür hinter mir schloß, atmete ich tief durch.

Ich rannte eine Treppe hinauf, blieb dann einen Augenblick stehen, um meine Gummihandschuhe abzustreifen und in der Jackentasche zu verstauen. Ich hastete weiter, bis ich die Feuertür im sechzehnten Stock vor mir hatte. Ich öffnete sie mit meiner Wunderwaffe und eilte zum Aufzug. Während ich auf den Fahrstuhl wartete, hatte ich Zeit zum Verschnaufen und um einen Blick auf meine Armbanduhr zu werfen. Es war fünfunddreißig Minuten nach Mitternacht. Als ich mich von Onderdonk verabschiedet hatte, war es fast halb zwölf gewesen. Ich hatte also etwa eine Stunde in Applings Apartment verbracht. Wenn ich nicht soviel Zeit mit den Tiffany-Lampen verplempert hätte, hätte ich es auch in einer halben Stunde schaffen können. Aber ein bißchen Spaß sollte man sich bei der Arbeit ruhig gönnen.

Schade, daß ich nicht noch vor dem Schichtwechsel um Mitternacht das Charlemagne verlassen konnte. So würden gleich zwei Liftboys, zwei Empfangschefs und zwei Portiers meiner ansichtig geworden sein. Aber was soll's, ich hatte mich ja auch ganz offiziell mit meinem Namen eingetragen.

Der Lift hielt an. Als sich die Türen langsam vor mir öffneten, drehte ich mich um und verabschiedete mich von einem imaginären Mr. Onderdonk. »Gute Nacht, ich werde Ihnen mein Gutachten baldmöglichst zukommen lassen.«

Dann bestieg ich den Aufzug, die Türen schlossen sich, und ich lehnte mich lässig gegen die Holzwand. »Ein langer Tag«, sagte ich gähnend zum Liftboy.

»Für mich fängt er gerade erst an.«

Krampfhaft versuchte ich, die Kamera über mir zu vergessen, aber das gelang mir nicht. Ich täuschte heftiges Gähnen vor, um möglichst unbefangen zu wirken. Die Zeit bis zur Ankunft in der Halle erschien mir endlos. Mit einem knappen Kopfnicken passierte ich den Empfang und trat auf die Straße hinaus. Der Portier winkte ein Taxi für mich heran. Ich steckte ihm dafür eine Dollarnote zu und sagte dem Taxifahrer, er solle mich an der Madison Avenue absetzen. Zu Fuß ging ich einen Häuserblock weiter und ließ mich dann von einem anderen Taxi nach Hause bringen.

Mein Nachtportier, ein junger Kerl mit glasigen Augen und einer Alkoholfahne, dachte nicht daran, mir den Wagenschlag zu öffnen. Er saß in der Halle und grinste mir mit Verschwörermiene entgegen. Möchte wissen, welches Geheimnis uns beide seiner Meinung nach verbindet.

Auf meiner Etage steckte ich zur Abwechslung mal meinen eigenen Schlüssel in das dazugehörige Schlüsselloch. In meiner Wohnung brannte Licht. Wie umsichtig von ihnen, das Licht für einen etwaigen Einbrecher gleich brennen zu lassen, dachte ich. Moment mal, was heißt »sie«? Ich war ja derjenige, der das Licht angelassen haben mußte. Aber das war ganz ausgeschlossen. So etwas tat ich nie.

Was ging hier vor? Vorsichtig betrat ich meine Behausung. Von der Couch blinzelte mir Carolyn Kaiser entgegen, wie eine leicht alkoholisierte Eule.

»Das wird aber auch Zeit, Bern. Wo zum Teufel hast du dich nur rumgetrieben?«

»Wenn ich das richtig sehe, dann bist du bei mir eingebrochen. Hätte ich dir nicht zugetraut.«

»Das siehst du falsch, Bern.«

»Sag bloß nicht, der Portier hätte dich reingelassen. Dazu ist er nicht befugt. Außerdem hat er keinen Schlüssel.«

»Aber ich hab einen. Erinnerst du dich nicht, daß du mir einmal deine Wohnungsschlüssel gegeben hast?«

»Ach ja, richtig.«

»Sag mal, Bern, hast du nichts zu trinken? Ich weiß, man soll warten, bis es einem angeboten wird, aber wer hat schon soviel Geduld?«

»Im Kühlschrank sind zwei Flaschen Bier. Mit einer davon

spül ich das Sandwich runter, das ich mir gleich zurechtmachen werde, aber die andere sei dir von Herzen gegönnt.«

»Dunkles mexikanisches Bier. Meinst du das?«

»Ganz recht.«

»Das war mal da. Hast du sonst noch was zu bieten?«

Ich überlegte einen Augenblick. »Irgendwo müßte noch ein Schluck Scotch sein.«

»Malt Whisky? Glen Islay oder was in der Art?«

»Der ist wohl auch schon durch deine Kehle geflossen, wie?«

»Wenn du's sagst, Bern.«

»Na, dann gibt's eben nichts mehr. Es sei denn, du hängst dich an die Wasserleitung.«

»Du Nachkomme einer Hündin.«

»Carolyn –«

»Weißt du was, ich sag doch lieber wieder ›Sohn einer Hure‹. Das ist zwar schon wieder sexistisch, aber es ist doch bei weitem befriedigender. Sonst merkt ja kein Mensch, daß man flucht.«

»Carolyn, willst du mir nicht endlich sagen, was du eigentlich hier machst?«

»Ich sterbe vor Durst, das mache ich hier.«

»Das ich nicht kichere, du hast doch schon viel zuviel getrunken.«

»Mach dir nicht ins Hemd, Bernie.«

»Sag nur noch, daß du nicht blau bist wie eine Feldhaubitze. Du hast zwei Flaschen Bier und einen halben Liter Whisky im Leib. Und außerdem siehst du aus wie ausgekotzt.«

Sie warf mir einen vernichtenden Blick zu. »Also erstens war es kein halber Liter Whisky, sondern höchstens ein Viertelliter. Das sind drei Drinks in einer guten Bar oder zwei in einer Spelunke. Zweitens, es ist nicht besonders nett, deiner besten Freundin zu sagen, daß sie wie ausgekotzt aussieht. Alles, nur das nicht. So was sagt man nicht zu einem Menschen, den man liebt. Und drittens –«

»Und drittens bist du immer noch besoffen.«

»Und drittens war ich schon besoffen, bevor ich deinen unter erstens erwähnten Fusel trank.«

Sie grinste triumphierend und runzelte dann die Stirn.

»Oder bin ich schon beim vierten, Bernie? Also, ich bring alles durcheinander. Ich war schon angeschickert, als ich zu mir nach Hause kam. Dann hab ich noch einen Drink genommen, bevor ich zu dir gegangen bin. Und jetzt bin ich –«

»Fehl am Platz«, ergänzte ich herzlos.

»Ich weiß nicht, was ich bin, aber das ist auch unwichtig.«

»So, so. Was ist dann wichtig?«

Sie sah sich verstohlen um. »Ich soll es niemandem sagen.«

»Was sollst du niemandem sagen?«

»Du hast hier doch keine Wanzen, Bernie?«

»Nein, nur das übliche Viehzeug, Kakerlaken und Silberfischchen. Wo ist das Problem, Carolyn?«

»Das Problem ist, daß meine Musch geklaut wurde.«

»Ei, ei, sieh an!«

»O Gott, mein Kind ist gecatnappt worden.«

»Dein Kind ist ge... – Carolyn, du hast überhaupt keine Kinder. Sag mal, wieviel hast du dir hinter die Binde gekippt, bevor du hierhergekommen bist?«

»Quatsch nicht so dämlich. Vielleicht hast du die Güte, mir mal zuzuhören? Läßt sich das einrichten? Es geht um Archie.«

»Archie?«

Sie nickte. »Archie, sie haben Archie Goodwin entführt.«

4

»Die Katze?«

»Ganz recht.«

»Archie, deine Siamkatze? *Diesen* Archie meinst du?«

»Klar, wen soll ich sonst meinen?«

»Du sagtest Archie Goodwin, und da dachte ich zuerst –«

»Das ist sein voller Name, Bern.«

»Ja, ich weiß.«

»Ich meine nicht den Archie Goodwin aus den Nero-Wolfe-Geschichten. Wegen dem würd ich wohl kaum mitten in der Nacht durch die Gegend laufen. Also ehrlich, Bern, ich glaube, du brauchst einen Drink nötiger als ich. Was schon einiges heißen will.«

»Wo du recht hast, hast du recht, Carolyn. Bin in einer Minute wieder da.«

Es wurden eher fünf Minuten draus. Ich ging den Korridor entlang zu Mrs. Seidels Apartment, vorbei an der Wohnung meiner Freundin, Mrs. Hesch. Sicherheitshalber klingelte ich bei Mrs. Seidel, bevor ich mir Zutritt mittels einer dünnen Plastikkarte verschaffte.

Mit einer fast vollen Flasche Canadian Club kehrte ich zu Carolyn zurück. Ich goß uns zwei Gläser ein. Carolyn hatte das ihre geleert, bevor ich die Flasche wieder verschließen konnte.

»Das tut gut.«

Ich genehmigte mir auch einen kräftigen Schluck. Dann dachte ich daran, daß ich den Whisky in einen ziemlich leeren Magen gekippt hatte. Auf diese Weise würde ich sehr viel schneller betrunken sein, als Carolyn wieder nüchtern zu kriegen war. Also stürzte ich mich zunächst auf den Kühlschrank und baute mir ein überdimensionales Sandwich aus Vollkornbrot, polnischem Schinken und Monterey-Käse. Und dazu eine Flasche Bier – dafür hätte ich jemanden umbringen können.

»Also, wie war das jetzt mit Archie?«

»Ich kam nach Hause, fütterte die Katzen und hab mir dann selbst was zu essen gemacht. Dann wurde ich irgendwie kribbelig und beschloß auszugehen. Aber das beruhigte mich noch nicht. Wahrscheinlich war der Mond schuld. Wir haben sicher Vollmond. Ich war furchtbar ruhelos, hatte immer das Gefühl, am falschen Platz zu sein. Ich klapperte alle Kneipen ab, die ich kenne, aber es war überall dasselbe.«

»Und in jeder Kneipe mußtest du natürlich was trinken.«

»Natürlich. Aber ich hatte nicht die Absicht, mich zu betrinken. Ich wollte lediglich ein bißchen glücklich sein. Wird Carolyn Kaiser wohl je die wahre Liebe finden? Und wenn schon nicht die wahre Liebe, dann vielleicht wenigstens die wahre Lust?«

»Also heute nacht bestimmt nicht mehr.«

»Ich fand keine Ruhe. Ein paarmal hab ich bei Alison angerufen, obwohl ich mir geschworen hatte, daß ich das nicht tun würde. Egal, sie war ohnehin nicht da. Dann ging ich nach Hause. Als ich die Tür aufmachte, war die Katze nicht mehr da.

Jedenfalls war Archie nicht mehr da. Mit Ubi ist alles in Ordnung.«

Archie, mit vollem Namen Archie Goodwin, war ein eleganter Siamkater, der äußerst beredt miauen konnte. Ubi, mit vollem Namen Ubiquituos, der Allgegenwärtige, war eine blauschwarze, plumpe Perserkatze, viel anhänglicher und weitaus weniger anspruchsvoll als ihr Kumpel. Beide waren von Geburt männlichen Geschlechts. Allerdings wurden ihnen bereits im zartesten Alter die dafür typischen Attribute entfernt. Seither schnurren sie nur noch Sopran.

»Vielleicht hat sich Archie irgendwo versteckt?«

»Unmöglich, ich hab alle seine Verstecke kontrolliert und das Unterste zuoberst gekehrt. Außerdem hab ich den elektrischen Dosenöffner laufen lassen. Das wirkt normalerweise immer.«

»Vielleicht hat er sich aus dem Haus geschlichen?«

»Wie denn? Das Fenster war zu und die Tür versperrt. Nicht mal John Dickson Carr hätte ihn da rausholen können.«

»Die Tür war verschlossen?«

»Ja, verrammelt und verriegelt. Du hast mich in dieser Hinsicht ja eindringlichst gewarnt.«

»Na, dann ist er rausgeschlüpft, als du weggegangen bist oder vielleicht, als du die Tür aufgemacht hast.«

»Nein, das hätte ich bemerkt.«

»Wieso, du hast doch selbst gesagt, daß du schon einen in der Krone hattest. Wie willst du –«

»So schlimm war's doch gar nicht, Bern.«

»Na gut.«

»Und so was hat er auch noch nie gemacht. Keine der Katzen hat jemals versucht auszurücken. Überhaupt, was soll das ganze Gerede, ich weiß ja, daß er entführt wurde. Man hat mich angerufen.«

»Wann?«

»Ich weiß nicht genau. Es war, als ich mir nach der erfolglosen Suche einen kleinen Brandy zur Stärkung genehmigte.«

»Und was hat man gesagt?«

Sie goß ihr Glas voll und führte es gedankenverloren zum Mund. »Sag mal, Bern, das warst nicht zufällig du?«

»Wie bitte?«

»Na ja, vielleicht wolltest du nur einen Scherz machen. Wenn das so sein sollte, dann sag's mir, bitte. Ich wär dir auch bestimmt nicht böse.«

»Also du glaubst allen Ernstes, ich hätte deine Katze geklaut?«

»Nein, eigentlich kann ich mir nicht vorstellen, daß du so eine komische Art von Humor hast. Alles, was ich möchte, ist, daß du entweder sagst, ›ja, Carolyn, ich habe deine Katze abgeholt‹, oder aber, ›nein, du dumme Kuh, ich habe deine Katze nicht genommen‹. Dann können wir weitersehen.«

»Nein, du dumme Kuh, ich hab deine Katze nicht genommen.«

»Gott sei Dank. Andererseits hätte ich dann gewußt, daß Archie in Sicherheit ist.«

Sie betrachtete das Glas in ihrer Hand, als sähe sie es zum erstenmal. »Hast du mir das eben eingeschenkt?«

»Wär mir nicht aufgefallen, Carolyn.«

»Na dann, runter damit, ich muß ja gewußt haben, was ich tat. Also was das Telefonat angeht, Bernie –«

»Ja, was war damit?«

»Ich bin nicht sicher, ob es ein Mann oder eine Frau war. Aber die Person hatte einen deutschen Akzent. Vielleicht hatte sie aber auch nur die Stimme verstellt. Wirr habben das Kätzchen. So ungefähr klang das.«

»War es genau das, was sie gesagt hat?«

»Na ja, zumindest dem Sinn nach. Wenn ich die Katze wiedersehen wollte, bla, bla, bla.«

»Was war das Blabla genau?«

»Das wirst du sowieso nicht glauben, Bern.«

»Er hat Geld verlangt?«

»Eine Viertelmillion Dollar, oder ich würde meine Katze nie wiedersehen.«

»Eine Viertel...«

»...million Dollar, ganz recht.«

»Zweihundertfünfzigtausend –«

»Dollar, richtig.«

»Für –«

»Eine Katze, jawohl.«

»Ich will verdammt sein, wenn –«

»Ich auch, Bern.«

»Also, das ist doch Schwachsinn. Die Katze hat doch überhaupt keinen finanziellen Wert. Ist sie vielleicht reif für 'ne Ausstellung oder so was?«

»Wahrscheinlich schon, aber was sollte das bringen. Archie kann nicht für die Zucht verwendet werden.«

»Er ist auch kein Filmstar wie Morris. Er ist nichts weiter als ein simpler Kater.«

»Ja, nur eben mein Kater. Ein Tier, das ich nun mal sehr liebe.«

»Brauchst du ein Taschentuch?«

»Ich will mich ja gar nicht so blöd aufführen, aber, verdammt, ich kann's nicht ändern. Gib mir das Taschentuch. Wo soll ich denn bloß eine Viertelmillion Dollar hernehmen, Bern?«

»Du könntest vielleicht alle deine leeren Flaschen ins Feinkostgeschäft zurückbringen.«

»Du meinst, das summiert sich?«

«Wär 'nen Versuch wert. Aber da ist noch was Verrücktes. Wer käme denn überhaupt auf die Idee, daß du so eine Menge Geld auf den Tisch legen könntest? Du hast eine gemütliche Wohnung, aber Arbor Court Nr. 22 ist beileibe nicht das Charlemagne. Und wenn jemand schon so schlau ist, daß er bei dir einbricht und hinterher auch wieder ordentlich zusperrt – hat er das wirklich?«

»Ich schwöre, bei Gott.«

»Wer hat denn Schlüssel zu deiner Wohnung?«

»Nur du.«

»Was ist mit Randy Messinger?«

»So was würde sie mir nie antun. Außerdem hab ich das Fox-Schloß erst nach unserem Techtelmechtel anbringen lassen.«

»Hmm. Du hast abgeschlossen, als du gingst, und wieder aufgesperrt, als du nach Hause gekommen bist. Ist das ganz sicher?«

»Gewiß, du kannst es mir glauben, Bernie.«

»Damit ist Randy aus dem Schneider.«

»Das hätte sie nie getan.«

»Nein, aber jemand anders hätte vielleicht von ihrem Schlüssel einen Abdruck machen können.«

Ich prüfte auch, ob ich tatsächlich noch im Besitz von Carolyns Schlüssel war. Als ich mich umdrehte, fiel mein Blick auf den Aktenkoffer. Wenn ich den Inhalt zum vollen Marktwert verkaufen könnte, dann hätte ich vielleicht zwei Fünftel des Preises für eine gebrauchte Siamkatze. Oho!!

»Nimm ein paar Aspirin, Carolyn. Und wenn du noch was trinken willst, dann nimm heißes Wasser und Zucker dazu. Du schläfst dann besser.«

»Schlafen?«

»Jawohl, und zwar je schneller, desto besser. Du kannst das Bett haben. Ich schlaf auf der Couch.«

»Red keinen Quatsch. Natürlich schlaf ich auf der Couch. Das heißt, ich werde überhaupt nicht schlafen. Ich will nämlich nicht. Und hierbleiben kann ich auch nicht. Sie wollten doch morgen früh wieder anrufen.«

»Genau deshalb möchte ich ja, daß du schläfst. Du brauchst einen klaren Kopf, wenn der Anruf kommt.«

»Bernie, soll ich dir 'ne Neuigkeit erzählen? Ich werd morgen früh alles andere als einen klaren Kopf haben. Meine Birne wird sich anfühlen wie ein Fußball, mit dem Pele ein Zielschießen veranstaltet hat.«

»Nun, ich werd jedenfalls einen klaren Kopf haben. Und ein Kopf ist besser als keiner. Das Aspirin ist im Medizinschränkchen.«

»Na so was, das ist aber ein geniales Versteck. Ich wette, du bist so 'n Typ, der die Milch im Kühlschrank und die Seife in der Seifendose aufbewahrt.«

»Ich mach dir einen Hot Whisky.«

»Sag mal, hast du Watte in den Ohren? Ich muß zu Hause sein, wenn sie anrufen.«

»Sie werden hier anrufen.«

»Wieso?«

»Weil du keine Viertelmillion Dollar besitzt. Es wird dich auch kaum jemand mit David Rockefeller verwechselt haben. Wenn sie also für Archie ein so bescheidenes Lösegeld haben wollen, dann müssen sie denken, du könntest es dir irgendwie beschaffen, es stehlen, zum Beispiel. Dazu wiederum müssen sie wissen, daß du einen Freund hast, der in dieser Branche tätig ist. Also werden sie hier anrufen. Trink was, schluck dein Aspirin runter, und sieh zu, daß du in die Falle kommst.«

»Ich hab keinen Pyjama dabei. Leihst du mir eins von deinen Hemden?«

»Gewiß doch.«

»Ich bin aber gar nicht schläfrig. Ich werd mich nur hin und her wälzen.«

Fünf Minuten später schnarchte sie schon.

5

Ein Schild an der Pforte besagte, daß man mit einem Betrag von $ 2.50 pro Person rechnete. »Geben Sie mehr oder weniger, wenn Sie wollen, aber Ihren Obolus müssen Sie entrichten.« Der Bursche, der unmittelbar vor uns stand, ließ ein Zehncentstück auf den Blechteller fallen. Der Museumswärter versuchte ihn dazu zu bringen, sich dem vorgeschlagenen Beitrag doch etwas mehr anzunähern, aber der Kerl war nicht geneigt, diesem Ansinnen zu folgen.

»Steck dir das Schild an deine Mütze, Kleiner. Wie oft muß ich mich denn noch mit dir herumärgern, du elende Laus. Man könnte meinen, du steckst das in die eigene Tasche. Du kriegst doch nicht etwa Provision, wie?«

»Nein, noch nicht.«

»Nun, ich bin Künstler. Diese zehn Cent sind der Notgroschen für meine Witwe. Nehmen Sie sie mit aller gebotenen Ehrfurcht an, oder ich werde künftig meinen Beitrag auf einen Penny reduzieren.«

»Aber das können Sie doch nicht machen, Mr. Turnquist, das würde unser ganzes Budget durcheinanderbringen.«

»Ach, Sie kennen mich?«

»Jeder kennt Sie, Mr. Turnquist, wirklich jeder.« Ein tiefer Seufzer begleitete diese Feststellung.

Der Angestellte nahm Turnquists Münze und händigte ihm eine kleine Anstecknadel aus. Turnquist sah uns an, als er die Nadel am Aufschlag seines grauen Woolworth-Jacketts befestigte. Der Farbton der Jacke paßte in etwa zu seiner Woolworth-Hose. Er lächelte und entblößte dabei ein unregelmäßiges Gebiß mit nikotinverfärbten Zähnen. Sein zerzauster Ziegenbart wies einen deutlicheren Rotton auf als sein rostbraunes Haar, und es war von mehr grauen Fäden durchzogen. Der Rest des Gesichts hatte schon mindestens drei Tage keine Rasierklinge mehr gesehen.

Im Weitergehen legte Turnquist eine Fünfdollarnote auf den Tisch und ließ sich dafür zwei weitere Anstecknadeln aushändigen.

»Ein Künstler«, seufzte der Wärter bedeutungsvoll und deutete auf ein anderes Schild. Darauf stand, daß Kinder unter sechzehn Jahren keinen Zutritt hätten, auch nicht in Begleitung Erwachsener. »Wir sollten unsere Geschäftspolitik ändern: keine Kinder, keine Hunde und keine Künstler.«

Ich war vor Carolyn aufgewacht und hatte sofort einen Spirituosenladen aufgesucht. Dort erstand ich eine Ersatzflasche Canadian Club für Mrs. Seidel. Nachdem ich mich überzeugt hatte, daß sie noch nicht von ihrem Verwandtenbesuch zurückgekehrt war, stellte ich die Flasche dorthin, wo ich in der Nacht ihre Vorgängerin gefunden hatte. Allerdings nicht, ohne vorher einen Teil des Inhalts in den Ausguß gekippt zu haben. Jetzt sah alles wieder so aus, wie ich's vorgefunden hatte. Als ich wieder auf dem Korridor stand, traf ich Mrs. Hesch. Sie bot mir eine Tasse Kaffee an. Da sie vorzüglichen Kaffee zu brauen versteht, nahm ich dankend an. Wir plauderten ein wenig, und keiner von uns verlor ein Wort darüber, daß ich eben aus Mrs. Seidels Wohnung gekommen war.

Zurück in meinen eigenen vier Wänden, setzte ich einen Topf Kaffee auf. Carolyn war im Badezimmer und büßte hörbar für ihre Sünden vom Abend vorher. Als sie herauskam, leuchtete sie grünlich. Sie lehnte sich in eine Couchecke und hielt ihren Kopf. Ich duschte und rasierte mich. Als ich mich zu Carolyn gesellte, starrte sie unglücklich in ihre Tasse. Nach dem Frühstück klingelte das Telefon.

Eine Frauenstimme ohne erkennbaren Akzent sagte: »Mr. Rhodenbarr, haben Sie mit Ihrer Freundin gesprochen?«

Das allein war schon eine Frechheit. Als ob man mir nicht mehr als eine Freundin zutrauen könnte, so, als ob ich froh sein müßte, überhaupt eine zu haben.

»Ja, und?«

»Sind Sie bereit, das Lösegeld zu zahlen? Eine Viertelmillion Dollar?«

»Kommt Ihnen das nicht ein bißchen übertrieben vor? Ich weiß natürlich, daß einen die Inflation umbringt heutzutage und daß die Leute ganz verrückt sind nach Siamkatzen, aber –«

»Haben Sie das Geld?«

»Also wissen Sie, ich hab nicht gern soviel Bares im Haus.«

»Aber Sie können es beschaffen?«

Carolyn hatte sich neben mich gesetzt, als das Telefon klingelte. Ich legte beruhigend meine Hand auf ihren Arm. Zu meiner Gesprächspartnerin sagte ich: »Schluß mit der Komödie. Bringen Sie die Katze zurück, und wir wollen das Ganze vergessen. Sonst –«

Was sonst? Ich will verdammt sein, wenn ich in dem Augenblick wußte, womit ich ihr drohen sollte. Aber Carolyn gab mir gar keine Chance.

»Bernie –«

»Wirr verrn de Katze schlachten.« Die Frau sprach plötzlich viel lauter und mit einem deutlichen Akzent.

»Aber wir wollen das doch in Ruhe besprechen. Unnötig, gleich mit Gewalt zu drohen.«

»Wenn Sie das Lösegeld nicht –«

»Keiner von uns hat soviel Geld, das müßten Sie doch wissen. Warum sagen Sie mir nicht, was Sie eigentlich wollen?«

Sendepause. »Schicken Sie Ihrrrre Feundin nach Hause.«

»Wie bitte?«

»Da ist was im Brriefkasten.«

»Gut, dann gehe ich mit und –«

»Nein.«

»Nein?«

»Bleiben Sie, wo Sie sind. Sie errhalten einen Anrruf.«

»Aber –«

Es klickte in der Leitung. Ein paar Sekunden starrte ich auf den Hörer, bevor ich auflegte. Ich fragte Carolyn, ob sie etwas von dem Gespräch mitbekommen habe.

»Ich hab nur ein paar Worte aufgeschnappt. Aber es war dieselbe Person, mit der ich gestern gesprochen habe. Ich glaub es jedenfalls. Es war derselbe Akzent.«

»Den Akzent hat sie sich mitten im Gespräch zugelegt. Wahrscheinlich hatte sie vorher nicht mehr dran gedacht. Vielleicht wollte sie damit furchteinflößender wirken, oder sie spricht nur mit Akzent, wenn sie aufgeregt ist. Mir gefällt nicht, daß wir uns trennen sollen. Sie will, daß du nach Hause gehst und daß ich hier bleibe. Das schmeckt mir überhaupt nicht.«

»Warum denn nicht?«

»Weil man nicht weiß, was sie plant.«

»Ich muß sowieso gehen. Um elf bringt mir jemand einen Schnauzer. Verdammt, da wird's höchste Zeit. O Gott, wie soll ich nur mit so einer Birne einem Schnauzer gegenübertreten. Wenigstens handelt es sich nur um eine Miniaturausgabe. Ich wüßte wirklich nicht, wie ich heute mit einem Riesenschnauzer fertig werden sollte.«

»Wenn dir noch etwas Zeit bleibt, fahr doch gleich bei deiner Wohnung vorbei.«

»Die Zeit werd ich mir nehmen. Ich muß ja auch noch Ubi füttern. Du glaubst doch nicht etwa –«

»Was?«

»Daß sie ihn auch noch geholt haben? Vielleicht soll ich deshalb nach Hause gehen?«

»Sie sagte, du sollst in den Briefkasten sehen.«

Als Carolyn gegangen war, nahm ich mir Applings Briefmarkensammlung vor. Das war sicher nicht sehr feinfühlig von mir, wo doch Archies Leben an einem seidenen Faden hing, aber ich wollte die Briefmarken so schnell wie möglich unidentifizierbar machen. Ich setzte mich unter die beste Lichtquelle an meinen Küchentisch und widmete mich meiner diffizilen Aufgabe. Den Wert der Marken konnte ich auch noch später ermitteln.

Ich war mitten in der Arbeit, als Carolyn anrief. »Was soll das Gefasel von meinem Briefkasten? Da ist nichts drin außer einer Rechnung.«

»Was macht Ubi?«

»Dem geht's gut. Er sieht zwar einsam und verlassen aus, und vielleicht bricht ihm auch das Herz, aber ansonsten geht's ihm blendend. Hat die bewußte Dame wieder angerufen?«

»Noch nicht, vielleicht hat sie auch den Briefkasten in deinem Geschäft gemeint?«

»Da gibt's keinen, bloß einen Türschlitz.«

»Vielleicht ist sie etwas verwirrt. Geh deinen Hirtenhund waschen und warte ab.«

»Es ist kein Hirtenhund, sondern ein Schnauzer, nur zu deiner Information. Bitte, ruf mich an, wenn du was von ihnen hörst. Okay?«

Fünfzehn Minuten später hatte ich die geheimnisvolle Dame wieder am Telefon. Diesmal ohne Akzent. Sie redete, und ich hörte zu. Als sie fertig war, saß ich einige Minuten da und dachte angestrengt nach. Dann kratzte ich mein weises Haupt und dachte weiter nach. Ich räumte Applings Briefmarken beiseite und rief Carolyn an.

Nun standen wir in einem kleinen Saal im zweiten Stock der Galerie. Wir befolgten damit die Anweisungen meiner Anruferin. Folgsam blieben wir vor einem Gemälde stehen, das mir außerordentlich bekannt vorkam.

Ein schmales Bronzeschild an der Wand gab folgende Information: »Piet Mondrian. 1872–1944. Komposition mit Farbe. 1942. Öl auf Leinwand. 86×94 cm. Schenkung von Mr. & Mrs. J. McLendon Barlow.«

Ich schrieb die Maße in mein Notizbuch. Für den Fall, daß Ihnen das nicht klar sein sollte, das Bild war in Hochformat gemalt. Die Hintergrundfarbe war weiß, mit einem Stich ins Graue. Schwarze Linien liefen kreuz und quer über die Leinwand und unterteilten sie in Quadrate und Rechtecke. Einige davon waren mit Primärfarben bemalt. Es gab zwei rote und zwei blaue Zonen und eine langgezogene, schmale Fläche in Gelb.

Ich ging näher heran, aber Carolyn packte mich am Arm. »Da steht ein Wächter an der Tür. Er beobachtet uns schon 'ne Weile. Es sind überall Wärter. Das ist Wahnsinn, Bernie.«

»Wieso, wir schauen uns doch nur Bilder an.«

»Was anderes werden wir auch nie tun. Es ist nämlich ganz unmöglich, ein Bild hier rauszuschaffen.«

»Reg dich ab, wir sehn uns nur um.«

Das Gebäude, in dem wir uns befanden, hatte einst einem gewissen Jacob Hewlett als Wohnsitz in Manhattan gedient. Um die Jahrhundertwende hatte dieser Hewlett als Grubenbesitzer und Transport-Baron die Armen mit außergewöhnlichem Erfolg bis aufs Blut ausgesaugt. Seine Residenz in Murray Hill hatte er dann später der Stadt New York mit der Auflage vermacht, daß sie als Kunstmuseum unter die Leitung und Aufsicht einer Stiftung gestellt würde. Hewlett hatte die Stiftung zu diesem Zweck ins Leben gerufen. Seine eigenen Besitztümer stellten das Kernstück der Sammlung dar, es wurden aber im Lauf der Jahre auch Bilder dazugekauft oder abgestoßen. Gelegentlich gab es auch Schenkungen, wie die des Mondrian in Öl, von einem gewissen Mr. Barlow. Solche Schenkungen waren steuerlich absetzbar und sparten dem edlen Spender oft ganz beträchtliche Summen.

Carolyn gab ihre jüngsten Erkenntnisse zum besten: »Wenn wir einbrechen wollen, sollten wir das an einem Montag tun, da haben sie geschlossen, oder nach Feierabend.«

»Weder das eine noch das andere ist machbar. Die Wachposten sind hier rund um die Uhr im Einsatz, und außerdem ist das Alarmsystem nicht von schlechten Eltern.«

»Was sollen wir also tun? Das Bild von der Wand reißen und damit zum Ausgang stürmen?«

»Das haut auch nicht hin, die haben uns am Kragen, noch bevor wir die Treppe erreichen.«

»Was bleibt uns dann noch, Bernie?«

»Beten und Fasten.«

Ich stand gerade vor einem van Doesburg. Auch seine Leinwand zeigte Rechtecke und Primärfarben, aber der Eindruck von Raum und Ausgewogenheit fehlte hier völlig. Van Doesburg und Mondrian hatten eine zwar ähnliche, aber doch unverwechselbare Malweise. Sonderbar, dachte ich plötzlich. Da läuft man monatelang herum, ohne einen einzigen Mondrian zu sehen, und dann begegnen einem an zwei aufeinanderfolgenden Tagen gleich zwei Gemälde von ihm. Onderdonks Mondrian schien dem Hewlett-Bild außerordentlich zu gleichen. Wenn ich mich recht erinnerte, hatten sie etwa dieselbe Größe und dieselben Proportionen. Auch schienen sie aus derselben Schaffensperiode zu stammen. Wäre es nicht absolut unmöglich gewesen, dann hätte ich den Mondrian im Hewlett-Museum für das Bild über Onderdonks Kaminsims gehalten.

Das war schon ein seltsamer Zufall – bedeutungslos vielleicht, aber immerhin...

Ich hatte Carolyn in ihrer Poodle Factory aufgelesen und war mit ihr im Taxi zum Museum gefahren. Nun wanderten wir langsam von Bild zu Bild, verweilten gelegentlich und gaben uns ganz wie zwei interessierte Museumsbesucher. Da war ein Kandinsky, der mir sehr gut gefiel, ein Arp – auch Onderdonk hatte einen Arp. Da wir aber keinen Arp stehlen wollten, fand ich das nicht weiter bemerkenswert. Oder sollte das doch irgendwie...?

»Bern? Soll ich vielleicht einfach vergessen, was mit meiner Katze passiert ist?«

»Wie willst du das fertigbringen?«

»Ja, das geht wohl nicht. Aber meinst du wirklich, daß sie Archie was antun, wenn wir das Gemälde nicht klauen?«

»Warum sollten sie?«

»Um zu beweisen, daß sie's ernst meinen.«

»Ich weiß nicht, was Kidnapper zu tun pflegen. Ich glaube, sie bringen ihr Opfer nur um, damit es sie hinterher nicht identifizieren kann. Da brauchen sie bei einer Katze eigentlich keine Bedenken zu haben. Aber was weiß man schon...«

»Ja, man weiß nicht, was Verrückte tun werden. Jedenfalls erwarten sie von uns, daß wir etwas völlig Unmögliches tun.«

»Na, so unmöglich ist das auch wieder nicht. Den Museen kamen schon zu allen Zeiten Bilder abhanden. In Italien ist Kunstdiebstahl ein eigener Wirtschaftszweig, aber auch hierzulande liest man so was alle paar Monate in der Zeitung. Das Museum für Naturgeschichte scheint da ein besonders beliebtes Opfer zu sein.«

»Dann glaubst du also, daß wir es schaffen könnten?«

»Das hab ich nicht gesagt.«

»Aber...«

»Schön, nicht wahr?«

Ich wandte mich zu dem Sprecher um – es war unser Künstler-Freund. Turnquist entblößte seine gelben Zähne zu einem grimmigen Grinsen. Wir standen gerade wieder vor der »Komposition in Farbe«, und seine Augen leuchteten, als er das Bild betrachtete. »Der alte Piet ist nicht zu schlagen. Der Hurensohn konnte malen. Das bringt's, wie?«

»Ja, das bringt's«, stimmte ich zu.

»Das meiste hier ist belangloses Zeug, Abfall, Ausschuß, mit einem Wort: Scheiße. Sie entschuldigen den harten Ausdruck, Gnädigste.«

»Schon gut.«

»Das Museum ist der Abfallkorb der Kunstgeschichte. Das stammt von mir, klingt aber wie ein Zitat, nicht wahr?«

»Ja, da ist was dran.«

»Abfallkorb ist der Mülleimer auf englisch. Englisches Englisch, meine ich. Aber manches von dem Zeug ist nicht mal Abfall. Es ist schlicht Dreck, wie einige meiner besten Freunde sagen würden.«

»Hmm.«

»Es gibt nicht mehr als 'ne Handvoll guter Maler in diesem Jahrhundert. Mondrian, natürlich, Picasso – jedenfalls fünf Prozent seiner Werke. Aber fünf Prozent von Picassos Werk, das ist ja schon 'ne ganze Menge, stimmt's?«

»Hmm.«

»Wen haben wir da noch? Pollack, Trossman, Darragh Park und noch 'n paar andere. Aber die meisten davon –«

»Ja, also Mr. Turnquist...«

»Ich weiß, ich weiß, was Sie sagen wollen. Was bildet sich der olle Schieter ein, daß er so daherlabert. Seine Jacke paßt nicht mal zu seiner Hose, aber er meint, er könne rechts von links unterscheiden und sagen, was Kunst ist und was nicht. Das ist es doch, was Ihnen durchs Hirn fährt. Hab ich recht?«

»Das würd ich nicht sagen.«

»Natürlich würden Sie's nicht sagen, Sie und die junge Dame. Sie sind 'n Gentleman, und die junge Dame ist eine Lady, Sie sagen so was nicht. Aber ich bin ein Künstler. Ich kann alles sagen. Da hab ich Ihnen was voraus. Ach, ich weiß, was Sie denken.«

»Aha?«

»Und Sie haben recht damit. Ich bin ein Nichts, ja, das bin ich – ein Nichts! Nur ein Künstler, von dem kein Mensch jemals was gehört hat. Na ja, was soll's. Ich hab nur gesehen, daß Sie das Bild immer und immer wieder betrachtet haben, da dachte ich mir, daß Sie auch den Unterschied kennen zwischen Schund und Kunst. Ist es nicht so, Gnädigste?«

»Lassen Sie's gut sein.«

Turnquist ereiferte sich noch des längeren über den Wert und Unwert mancher Kunstwerke und über die gute Tat, die ein Verrückter vollbringt, wenn er schlechte Kunstwerke einfach zerstört.

6

»Das ist die Lösung, Bernie. Wir zerstören das Bild einfach, dann können sie nicht mehr verlangen, daß wir es stehlen.«

»Und sie werden die Katze töten.«

»So was darfst du nicht mal denken. Können wir jetzt gehen?«

»Gute Idee.«

Draußen auf der Treppe lungerte ein junges Paar herum, das Hasch rauchte. Carolyn rümpfte die Nase.

»Scheußlich. Können die sich denn nicht besaufen wie zivilisierte, menschliche Wesen? Na, ist ja nicht mein Bier. Bernie, wohin gehen wir? Zu mir oder zu dir?«

»Zu dir.«

»Gut, gibt's 'nen speziellen Grund dafür?«

»Jemand hat deine Katze aus einer verschlossenen Wohnung geklaut. Ich will sehen, wie er das geschafft hat.«

Vor Carolyns Wohnungstür im Erdgeschoß ging ich in die Knie und untersuchte das Schlüsselloch. Irgendwelche Spuren konnte ich nicht entdecken.

Ich öffnete die Tür mit Carolyns Schlüssel und nahm auch noch die Innenseite der Tür unter die Lupe. Währenddessen hatte Carolyn versucht, Ubi herbeizulocken. Als sie den Trick mit dem Dosenöffner ausprobierte, machte sich der Kater bemerkbar. Erleichtert hob sie ihn hoch und schmuste mit ihm.

»Armes Kerlchen, du vermißt deinen Kumpel, nicht?«

Ich prüfte auch noch das kleine Fenster mit dem Eisengitter davor. Aber die Stäbe waren fest im Mauerwerk verankert und ließen sich keinen Millimeter bewegen. Dagegen war der Fels von Gibraltar eine wacklige Angelegenheit.

»Carolyn, das Gitter ist nicht für Geld und gute Worte von der Stelle zu bewegen. Weißt du, daß das gesetzlich verboten ist?

Wenn mal die Onkel von der Feuerschutzpolizei kommen, wirst du das Gitter entfernen müssen.«

»Weiß ich.«

»Das ist doch die einzige Fluchtmöglichkeit, wenn im Hausflur ein Feuer ausbricht. In so einem Fall würdest du ganz schön in der Falle sitzen. Durch dieses Fenster kommst du nie und nimmer ins Freie.«

»Ist mir bekannt. Mir ist aber auch bekannt, daß ich im Erdgeschoß hause. Die Einbrecher würden bei mir Schlange stehen, wenn das Fenster nicht vergittert wäre. Und wenn du an diese verschließbaren Gitter denken solltest, dann laß dir gesagt sein, daß ich den Schlüssel im Ernstfall bestimmt nicht finden würde. Außerdem glaub ich, daß so was für einen Einbrecher kein ernsthaftes Hindernis darstellen würde. Also, lassen wir's, wie es ist.«

»Schon gut, Carolyn. Zumindest steht fest, daß kein Mensch durch dieses Fenster einsteigen konnte.«

»Wenn sie nicht durch die Tür und nicht durchs Fenster hereingekommen sind, was bleibt dann noch? Schwarze Magie?«

»So, wie's aussieht, ist das nicht völlig von der Hand zu weisen.«

»Mein Kamin ist übrigens zugemauert, falls du an Santa Claus gedacht hast. Wie könnten sie sonst noch reingekommen sein? Durch die Zimmerdecke? Durch den Fußboden?«

»Sehr wahrscheinlich, Carolyn. Wie hat deine Wohnung denn ausgesehen, als du nach Hause kamst?«

»Wie immer.«

»Ist nichts durchsucht worden?«

»Zumindest ist mir nichts aufgefallen. Ich hab zuerst ja gar nicht bemerkt, daß jemand da war. Erst als ich die Katze nicht finden konnte, kam ich drauf. Und ganz sicher war ich dann bei dem Anruf. Ist das so wichtig, Bernie?«

»Ich weiß es nicht.«

»Vielleicht hat sich jemand meinen Schlüssel aus der Handtasche geangelt, während ich in der Poodle Factory beschäftigt war. Das wär nicht mal besonders schwierig. Er könnte einen Wachsabdruck gemacht und mir den Schlüssel wieder in die Tasche praktiziert haben.«

»Läßt du deine Tasche einfach so rumstehen?«

»Für gewöhnlich nicht, aber man tut manchmal die blödesten Dinge. Vielleicht hätten wir nach Fingerabdrücken suchen sollen?«

»Das hätte uns auch nicht weitergebracht. Wir sind nicht die Polizei, Carolyn.«

»Könntest du nicht Ray Kirschmann bitten, ein paar Fingerabdrücke zu überprüfen?«

»Das bringt doch auch nichts. Wir haben ja nicht mal den leisesten Verdacht, wer der Täter sein könnte. Wo sollte er da anfangen?«

Das Telefon klingelte. Carolyn stammelte: »Hallo? Wie? Warten Sie, ich muß nur – sie hat aufgelegt.«

»Wer?«

»Unsere Freundin. Ich soll in den Briefkasten schauen. Als wenn ich das nicht schon getan hätte. Es kommt doch nur einmal täglich Post.«

»Vielleicht haben sie's selbst eingeworfen, ohne sich der Post zu bedienen. Damit hätten sie zwar gegen das Staatsmonopol verstoßen, aber solche Leute schrecken vor nichts zurück.«

Carolyn warf mir einen vernichtenden Blick zu und machte sich auf den Weg zu ihrem Briefkasten in der Halle. Sie kehrte mit einem schmalen Umschlag zurück.

»Ohne Anschrift, Bernie, und ohne Briefmarke –«

»Und, wer hätte das gedacht, auch ohne Absender. Warum machst du's denn nicht auf?«

Sie hielt den Umschlag gegen das Licht. »Nichts drin.«

»Also, mach schon auf und sieh nach!«

»Na gut, aber was soll das. Warum stopfen die mir einen leeren Umschlag in den Briefkasten –«

»Was ist denn?«

»Bernie, sieh nur!«

»Haare. Was in aller Welt wollen –«

»O Gott, siehst du denn nicht, was das ist?« Sie umklammerte meinen Arm. »Das sind Archies Schnurrbarthaare.«

»Meinst du wirklich? Warum sollte jemand so was tun?«

»Um uns klarzumachen, daß sie's ernst meinen.«

»Das war mir schon klar, als ich sah, daß sie eine Katze aus einem absolut unzugänglichen Raum geholt haben. Sie müssen verrückt sein, einer Katze den Schnurrbart abzuschneiden.«

»So können sie uns beweisen, daß sie Archie wirklich haben.«

»Ich weiß nicht recht, da sieht doch einer wie der andere aus. Schnurrhaare sind Schnurrhaare. Den Mondrian kriegen wir jedenfalls nicht aus dem Hewlett heraus.«

»Das ist mir auch klar.«

»Aber ich weiß, wo ein Mondrian ist, den ich durchaus klauen könnte. In einer Privatsammlung.«

»Der Hewlett war auch mal in privater Hand. Und wenn er nicht bald in unserer Hand ist, dann –«

»Vergiß das Hewlett. Der Mondrian, den ich meine, ist immer noch in privater Hand. Das weiß ich, weil ich ihn gestern erst gesehen habe.«

»Stimmt, du warst ja gestern nacht nicht zu Hause.«

»Richtig.«

»Aber du hast mir nicht gesagt, was du gemacht hast.«

»Das kannst du dir wahrscheinlich denken. Aber vorher hatte ich im Charlemagne eine Privatbibliothek zu begutachten. So bin ich überhaupt erst in das Gebäude reingekommen. War 'n ganz netter Kerl. Onderdonk hieß er. Er hat mir zweihundert Dollar dafür gegeben, daß ich ihm den Wert seiner Bücher nannte.«

»Waren sie sehr wertvoll?«

»Nicht, wenn man sie mit dem vergleicht, was er an der Wand hängen hatte. Er besitzt einen Mondrian, von anderen Kleinigkeiten mal ganz abgesehen.«

»So einen wie im Hewlett?«

»Nun, wer weiß. Soweit ich mich entsinne, waren sich die beiden Bilder sehr ähnlich. Wenn ich hineinkäme und Onderdonks Mondrian stehlen könnte –«

»Sie wüßten doch sofort, daß es der falsche ist, da der richtige immer noch bei Hewlett hängen würde.«

»Ja, aber das würde sie vielleicht nicht stören. Wenn wir ihnen einen Mondrian, welchen auch immer, ins Händchen drücken, kriegen sie gut und gern eine Viertelmillion Dollar –«

»Ist der wirklich soviel wert?«

»Na ja, der Kunsthandel hat auch schon bessere Tage gesehen, aber ich glaub schon. Meinst du nicht, daß sie zufrieden sind, wenn wir ihnen einen Mondrian als Gegenwert für eine gestohlene Katze anbieten? Sie müßten komplett verrückt sein, wenn sie das ablehnten.«

Ich suchte im Telefonbuch Onderdonks Nummer und wählte. Ich ließ es in altbewährter Manier unzählige Male klingeln, aber niemand antwortete.

»Er ist ausgegangen. Hoffen wir, daß er für längere Zeit weg ist.«

»Bernie, was hast du vor?«

»Ich geh nach Hause und steck ein paar handliche kleine Dinge in die Tasche –«

»Einbruchswerkzeug.«

»Und dann statte ich dem Charlemagne wieder einen Besuch ab. Ich sollte besser vor vier Uhr dort sein, sonst erkennt mich einer wieder, sei's der Portier, der Empfangschef oder der Liftboy. Vielleicht erkennt mich aber auch keiner, ich hab nämlich vor, etwas weniger elegant als gestern dort aufzukreuzen. Trotzdem werd ich besser vor vier dort sein.«

»Wie willst du hineinkommen? Ist das Charlemagne nicht eines der Gebäude, die sicherer sind als Fort Knox?«

»Hab ich behauptet, daß es leicht sein würde?«

Zu Hause verpaßte ich mir mit Hilfe von baumwollenen Kulihosen und einem phantasievollen T-Shirt ein neues Image. Ein Paar abgelaufene Jogging-Schuhe vervollständigten meinen Aufzug. Mein Handwerkszeug stopfte ich in die Taschen – ein Diplomatenkoffer wäre bei dieser Kluft vielleicht doch etwas zu auffällig gewesen.

Wieder einmal wählte ich Onderdonks Nummer. Als sich auch nach längerem Läuten niemand meldete, legte ich zufrieden auf. Ich suchte im Telefonbuch eine zweite Nummer, aber auch da blieb mein Anruf unbeantwortet. Bei einer dritten Nummer meldete sich eine Frauenstimme. Ich wünschte einen Mr. Hodpepper zu sprechen. Die Dame meinte, ich hätte eine falsche Nummer gewählt. Das war aber ein Trugschluß.

Ich klemmte einen gelben Block an mein Schreibbrett und machte mich auf den Weg.

Bei einem Floristen in der Zweiundsiebzigsten Straße erstand ich ein preiswertes Blumengebinde und ließ mir ein kleines, weißes Kärtchen geben. In meiner schönsten Sonntagsschrift malte ich »Leona Tremaine« auf den Umschlag und schrieb »In Liebe – Donald Brown« auf die Karte. Nur meine Vernunft hinderte mich daran, mit Howard Hodpepper zu unterschreiben.

Ich winkte ein Taxi heran und ließ mich zur Madison Avenue fahren. Den kurzen Weg zum Charlemagne legte ich zu Fuß zurück. Ein Blumenbote kommt schließlich nicht per Taxi angefahren.

Unerschrocken marschierte ich zum Haupteingang, vorbei am Portier, schnurstracks zum Empfangschef.

»Hab 'ne Lieferung. Leona Tremaine, steht hier.«

»Geben Sie her – ich laß das raufbringen.«

»Oh, ich weiß nicht, ich sollte ihr das wohl persönlich übergeben.«

»Machen Sie sich keine Sorgen, Sie können sich drauf verlassen, daß sie das Grünzeug kriegt.«

»Hmm. Wenn sie mir aber 'ne Antwort mitgeben will?«

»Der is' doch auf 'n Trinkgeld scharf«, mischte sich der Portier ein.

»Von der Tremaine?« Die beiden tauschten vielsagende Blicke. »Also, wenn Sie meinen, dann werd ich mal oben anrufen. Er griff zum Haustelefon. »Miss Tremaine? Hier ist eine Lieferung für Sie. Sieht mir nach Blumen aus. Der Bote bringt sie Ihnen rauf.« Er legte auf und wies mir mit dem Daumen den Weg. »Dort drüben ist der Aufzug. Sie wohnt in Apartment 9-C.«

Während der Fahrstuhl nach oben schwebte, warf ich einen Blick auf meine Armbanduhr und beglückwünschte mich. Mein Zeitplan hätte nicht besser sein können. Es war jetzt halb vier. Weder der Portier noch der Empfangschef, noch der Fahrstuhlführer hatten mich bei meinem ersten Besuch im Charlemagne gesehen. Sie gehörten zu der Crew, die um vier abgelöst wurde. Sie würden also auch keine Gelegenheit mehr haben, sich über den Blumenboten zu wundern, der soviel Zeit in Miss Tremaines Apartment verbracht hatte. Die nächste Schicht würde annehmen, daß meine Anwesenheit im Charlemagne durchaus Rechtens gewesen war. Außerdem wurden Leute, die rausgingen, nur dann schärfer beäugt, wenn sie auffallend viel Gepäck bei sich hatten.

Der Aufzug hielt im neunten Stock, und der Liftboy deutete auf die entsprechende Tür. Ich bedankte mich und blieb einen Augenblick vor Leona Tremaines Tür stehen. Ich lauschte, ob ich den Klang der sich schließenden Aufzugtür hören würde. Natürlich hörte ich nichts. Der Liftboy hatte ja zu warten, bis der jeweilige Wohnungsinhaber die Tür öffnete. Nachdem man Miss Tremaine ohnehin mein Erscheinen angekündigt hatte, konnte ich auch klingeln. Sie öffnete sofort. Ihr Haar leuchtete in einem künstlichen Kastanienrot, und ihr Gesicht war offenbar einmal zuwenig geliftet worden. Sie trug eine Art Morgenrock mit orientalischem Muster und sah aus, als hätte sie gerade etwas Unangenehmes gerochen. »Blumen? Sind Sie sicher, daß die für mich sind? Da muß ein Irrtum vorliegen.«

»Miss Leona Tremaine?«

»Ja, das ist richtig.«

»Dann sind die Blumen auch für Sie.«

Ich hörte immer noch nicht das ersehnte Geräusch der Fahrstuhltür, und mir wurde allmählich klar, daß ich wohl vergeblich darauf wartete. Der Liftboy würde ausharren, bis ich meinen Auftrag erledigt und mein Trinkgeld eingesteckt hatte. Dann würde er mich wieder nach unten bringen. Wunderbar. Da hatte ich nun einen Weg gefunden, ins Charlemagne vorzudringen, aber keine Ahnung, wie ich es anstellen sollte, auch dort bleiben zu können.

»Ich kann mir nicht vorstellen, wer mir Blumen schicken sollte. Lassen Sie mal sehen.« Sie zog das Kärtchen heraus. »Ob das nicht doch ein Irrtum ist. Nein, tatsächlich, da steht mein Name drauf.«

Brauchte denn kein Mensch in diesem verdammten Haus den Fahrstuhl? Konnte er nicht endlich in eine andere Etage verschwinden?

»In Liebe – Donald Brown«, las sie laut vor. »Donald Brown, Donald Brown, wer kann das bloß sein?«

»Hmm.«

»Die sind ja ganz zauberhaft, nicht wahr?« Sie schnüffelte eifrig an dem Blumenstrauß herum. »Und dieser Duft! Donald Brown. Der Name kommt mir schon bekannt vor, aber gewiß handelt es sich um ein Mißverständnis. Ich werd mich aber trotzdem an dem wunderbaren Strauß erfreuen. Ich muß ihn gleich in eine Vase stellen. Und Wasser reintun –« Sie erinnerte sich plötzlich meiner Gegenwart. »Ist noch was, junger Mann?«

»Nun, ich wollte –«

»Ach, du lieber Himmel, das hätt ich doch fast vergessen. Augenblick mal, Sie kriegen ja noch Ihr Trinkgeld. Moment, hier, das ist für Sie. Und vielen Dank noch. Und vielen Dank an Mr. Brown, wer immer das sein mag.«

Die Wohnungstür schloß sich. Ich wandte mich um, und da stand dieser verfluchte Fahrstuhl und harrte meiner. Der Liftboy grinste zwar nicht gerade, aber er sah zumindest amüsiert aus. Ich fuhr in die Halle hinunter. Der Portier grinste deutlich, als er mich kommen sah. »Na, hast 'n gut'n Stich gemacht, Jungchen?«

»Wie?«

»Hat sie 'n gutes Trinkgeld springen lassen?«

»Einen Vierteldollar hat sie mir gegeben.«

»Hoppla, das ist nicht schlecht für die Tremaine. Die rückt das ganze Jahr keinen Nickel raus. Nur an Weihnachten, da kriegt jeder von uns fünf Dollar. Das sind pro Woche zehn Cent. Ob du's glaubst oder nicht.«

»Ich glaub's.«

7

Leona Tremaines Vierteldollar hielt sich nicht lange bei mir. Ich trottete um die nächste Ecke und entdeckte eine Tränke namens »Big Charlie's«. Dort genehmigte ich mir eine Tasse Kaffee und ließ den Vierteldollar als Aufmerksamkeit für die Bedienung zurück. Dann wanderte ich stadteinwärts bis zu einem Blumenladen.

Es war nach vier Uhr. Die nächste Schicht müßte mittlerweile ihren Dienst angetreten haben, falls nicht einer zu spät gekommen war. Es stand zu hoffen, daß keiner in dem schäbigen Botenjungen den eleganten Besucher von gestern abend erkannte.

Ich investierte noch einmal in die Zunft der Floristen und erstand einen zweiten Blumenstrauß. Diesmal schrieb ich auf das

Kärtchen: »Wollen Sie mir nicht verzeihen? Donald Brown.«
Den Umschlag adressierte ich wieder an Leona Tremaine.

Das Personal im Charlemagne hatte gewechselt. Ich erkannte den Portier von gestern wieder, auch der Empfangschef war mir nicht fremd, aber sie sahen offensichtlich keine Ähnlichkeit zwischen dem Besucher von Mr. Onderdonk und dem Mitglied der arbeitenden Klasse.

Wieder wollte der Mann am Empfang die Blumen nach oben schicken, und wieder bestand ich darauf, die Übergabe selbst vorzunehmen. Der Empfangschef meldete mich über das Haustelefon an, und Eduardo brachte mich im Fahrstuhl zu Miss Tremaines Etage. Diesmal erwartete sie mich bereits an der Wohnungstür.

»Was wollen Sie denn schon wieder? Ich verstehe das alles nicht. Sind Sie ganz sicher, daß die Blumen für mich sind?«

»Auf der Karte steht's doch —«

»Die Karte, die Karte, was steht denn diesmal drauf? ›Wollen Sie mir nicht verzeihen? Donald Brown.‹ Also, das ist ja wenigstens etwas deutlicher als beim letzten Mal. Aber wer ist dieser Mensch, und warum soll ich ihm etwas zu verzeihen haben?«

Der Aufzug war immer noch da.

»Ich soll fragen, ob Sie etwas antworten möchten.«

»Eine Antwort? An wen soll ich die Antwort denn adressieren? Ich weiß genau, daß diese Blumen nicht für mich gedacht sind. Aber wie kann so was bloß passieren? Ich weiß ebensowenig von einer anderen Leona Tremaine, wie ich einen Donald Brown kenne. Vielleicht habe ich mal jemanden gekannt, der so hieß, aber wenn, dann ist es mir vollkommen entfallen.«

»Ich könnte ja mal anrufen.«

»Wie meinen Sie?«

»Ich könnte den Blumenladen anrufen. Wenn ich vielleicht Ihr Telefon benutzen dürfte? Wissen Sie, ich krieg Schwierigkeiten, wenn da was nicht stimmt. Falls aber alles seine Richtigkeit hat, dann können die Ihnen vielleicht was darüber sagen, wer die Blumen geschickt hat.«

»Oh.«

»Ich sollte wirklich besser anrufen. Ich weiß nicht, ob ich die Blumen hierlassen darf, ohne anzurufen.«

»Nun, also. Es ist wahrscheinlich wirklich besser, wenn Sie anrufen.«

Sie ließ mich eintreten und schloß die Tür hinter mir. Ob sich der Fahrstuhlführer nun zufriedengab und das Feld räumte?

Miss Tremaine zeigte auf ein weißgoldenes Telefon. Ich hob den Hörer an mein Ohr und wählte Onderdonks Nummer. Es war besetzt.

»Besetzt, die Leute rufen pausenlos an und geben ihre Aufträge durch. Ich versuch's in 'ner Minute noch einmal.«

»Na gut.«

Warum war bei Onderdonk belegt? Er war doch vorhin nicht zu Hause gewesen. Hätte er nicht wegbleiben können? Jetzt, wo ich schon mal hier war – ich konnte doch nicht einfach wieder gehen. So eine Chance bekäme ich nie wieder.

Ich griff wieder zum Hörer und rief Carolyn Kaiser an. Als sie sich meldete, sagte ich: »Miss Kaiser, Jimmie hier. Bin grad bei Miss Tremaine im Charlemagne.«

»Falsch verbunden – Moment mal, Bernie, bist du das?«

»Ganz recht, wegen der Zustellung. So wie vorhin. Sie sagt, sie kennt keinen Donald Brown, und sie glaubt nicht, daß die Blumen für sie sind. Klar?«

»Du rufst aus 'ner Wohnung an?«

»Ja, so ist es.«

»Hat man dich in Verdacht?«

»Nein, es ist nur so, daß sie nicht weiß, wer der Bursche sein könnte.«

»Was soll das, Bern? Willst du Zeit gewinnen?«

»So ist es.«

»Soll ich mit ihr reden? Ich sag, daß ihr Mr. Unbekannt bar bezahlt hat und daß er uns ihren Namen und ihre Adresse genannt hat. Sag mir die Namen noch mal.«

»Donald Brown. Und sie ist Leona Tremaine.«

»Hab's gefressen.«

Ich reichte den Hörer an Miss Tremaine weiter. Sie flötete: »Hallo, mit wem spreche ich, bitte?... Ja, verstehe... Aber ich hab keine – ...Das ist alles so mysteriös.« Dann reichte sie mir wieder den Hörer.

»Eines Tages werd ich vielleicht alles verstehen, Bernie.«

»Klare Sache. Gewiß, Miss Kaiser.«
»Du mich auch, Mr. Rhodenbarr. Ich hoffe, du weißt, was du tust.«
»Ja, Ma'am.«
Ich legte auf. Leona Tremaine dachte krampfhaft über ihren unbekannten Verehrer nach. »Ich werd ja wahrscheinlich wieder von ihm hören, vielleicht ist er jemand, den ich mal vor vielen Jahren gekannt habe.« Ihr Gesicht wurde weicher. »Meinen Sie nicht auch, daß er sich wieder meldet?«
»Oh, gewiß doch, wo er sich doch schon soviel Mühe gegeben hat –«
»Genau. Er würde sich kaum so angestrengt haben, um auf ewig unbekannt zu bleiben. O Gott, ist das alles aufregend.«
»Ich werd jetzt besser gehen –«
»Es war nett von Ihnen, daß sie im Geschäft angerufen haben.« Wir bewegten uns auf die Tür zu.
»Augenblick, ich möchte Sie doch wenigstens für Ihre Mühe entschädigen.«
»Das ist schon in Ordnung. Sie haben mir ja vorhin schon was gegeben.«
»Ach ja, stimmt. Sehen Sie, das hätt ich schon wieder vergessen. Sehr freundlich von Ihnen, mich daran zu erinnern.«
Wenn der Aufzug immer noch da ist, betrachte ich das Unternehmen als gescheitert. Mit diesem Gedanken verließ ich Miss Tremaine. Ich hatte Glück. Die Leuchtanzeige ließ erkennen, daß sich der Lift soeben vom vierten in den fünften Stock bewegte. Vielleicht hatte Eduardo mich vergessen, vielleicht war er aber auch gerade auf dem Weg zu mir. Ich beeilte mich, durch die Feuertür ins Treppenhaus zu entwischen. Aber was nun? Onderdonks Nummer war besetzt gewesen. Ich hatte sie aus dem Gedächtnis gewählt, vielleicht hatte ich mich dabei geirrt. Vielleicht hatte aber auch jemand anders die Nummer zur gleichen Zeit angewählt, oder vielleicht war er in der Tat zu Hause.
Ich konnte es nicht riskieren, bei ihm einzubrechen, wenn er zu Hause war. Genausowenig konnte ich erst an die Tür klopfen und fragen. Hier im Treppenhaus Wurzeln zu schlagen war auch nicht ratsam. Ich mußte schleunigst feststellen, ob Mr. Onderdonk tatsächlich daheim war. War er es nicht, würde ich mir

Zutritt zu seinem Apartment verschaffen und dort bis Mitternacht bleiben. Dann war der nächste Personalwechsel erfolgt, und ich konnte es wagen, mit dem Gemälde das Charlemagne zu verlassen.

Wo aber konnte ich ungestörter telefonieren als in John Charles Applings Apartment? Also wiederholte ich das Spiel vom Vorabend und stand, ohne die üblichen Vorsichtsmaßnahmen, in Rekordzeit in den mir nun schon vertrauten Räumen.

8

Einen Augenblick fürchtete ich, einen schlimmen Fehler begangen zu haben. Die Wohnung wirkte heute viel heller, obwohl die Vorhänge fest geschlossen waren. Brannte da nicht irgendwo Licht? Mir blieb fast das Herz stehen. Als ich erkannte, daß es nur das gefilterte Tageslicht war, beruhigte ich mich rasch.

Ich ging zum Telefon, um Onderdonk anzurufen. Da wurde mir plötzlich klar, daß das ziemlich sinnlos war. Nachdem ich ohnehin nicht vorhatte, das Gebäude vor Mitternacht zu verlassen, konnte ich ebensogut hier in aller Ruhe abwarten.

Ich beschloß Mr. Applings unfreiwillge Gastfreundschaft noch länger in Anspruch zu nehmen und erst gegen Mitternacht bei Onderdonk anzurufen. War er dann nicht zu Hause, würde ich in Windeseile bei ihm einbrechen und mit dem Mondrian möglichst unauffällig das Weite suchen. Sollte er daheim sein, könnte ich etwas von einer falschen Verbindung murmeln. Ich würde ihm dann ein paar Stunden Zeit geben, damit er wirklich tief und fest einschlafen konnte, und entsprechend vorsichtig und leise mein Vorhaben ausführen. Im allgemeinen schätze ich es nicht, meine Opfer heimzusuchen, während sie zu Hause sind, aber es hat auch den Vorteil, daß sie nicht unversehens nach Hause zurückkehren. In diesem Fall konnte ich es mir ohnehin nicht erlauben, wählerisch zu sein.

Ich machte es mir in einem Sessel bequem und genoß die grandiose Aussicht auf den Cantral Park. Unzählige Jogger zogen dort unermüdlich ihre Bahnen. Ich wäre gern bei ihnen gewesen. Es war ein wunderbarer Tag zum Laufen.

Allmählich ergriff mich Langeweile. Ich holte mir eines der Briefmarkenalben und blätterte es durch. Dabei entdeckte ich einige Marken, die ich bei meinem ersten Besuch übersehen haben mußte. Es wäre mir allerdings nicht im Traum eingefallen, sie jetzt an mich zu nehmen. Gestern war ich als Einbrecher hier, heute war ich Gast, wenn auch ein ungebetener. Die Zeit kroch dahin. Ich wollte weder den Fernseher noch das Radio anschalten, um nicht etwa einen aufmerksamen Nachbarn zu alarmieren. Und mit behandschuhten Händen ein Buch zu lesen ist auch so eine Sache. Man kann sich einfach nicht in die Handlung vertiefen. Also kehrte ich zu meinem Sessel zurück und genoß den Sonnenuntergang. Das war's dann auch schon, was mir an Unterhaltung geboten wurde.

Gegen neun Uhr meldete sich mein Magen mit heftigem Knurren. Ich stöberte in der Küche nach etwas Eßbarem herum, mußte mich aber mit einer Handvoll Corn-flakes und etwas dubios aussehender Milch zufriedengeben. Danach ging ich ins Wohnzimmer zurück, entledigte mich meiner Schuhe und streckte mich mit geschlossenen Augen auf dem weichen Teppich aus. Mein geistiges Auge streifte über eine jungfräuliche weiße Fläche, und ich dachte dabei an das weiche Vlies von Millionen kleiner Lämmer – plötzlich begannen sich schwarze Bänder zu entfalten und überzogen die weiße Fläche mit einem unregelmäßigen Gitter. Dann zog zarte Röte über eines der eingeschlossenen weißen Felder, wurde dunkler und kräftiger. Nun leuchtete ein anderes Feld in klarem Himmelblau, das sich zu einem strahlenden Kobaltblau intensivierte und –

Bei Gott, meine Phantasie war gerade dabei, einen Mondrian für mich zu malen.

Ich sah zu, wie sich das Muster änderte und neue Varianten auftauchten. Eine Weile wanderte ich auf dem schmalen Grat zwischen Wachen und Träumen, zwischen dem Bewußten und dem Unbewußten, dann gab ich mir einen Ruck und setzte mich auf. Meine Armbanduhr zeigte mir, daß Mitternacht schon ein paar Minuten vorbei war.

Ich konzentrierte mich darauf, die alte Ordnung in Applings Apartment wiederherzustellen. Dann suchte ich Onderdonks Nummer im Telefonbuch und wählte. Erst nach langem Läuten war ich überzeugt, daß Gordon Kyle Onderdonk ausgegangen war.

Ich löschte das Licht in Applings Apartment und machte mich auf den Weg über die Feuertreppe. Etwas atemlos stand ich in kürzester Zeit vor Onderdonks Tür. Nur zur Sicherheit drückte ich auf den Klingelknopf und wartete ein paar Sekunden. Ein rasches Stoßgebet zum Himmel, und ich knackte in Rekordzeit ein massives Vierbolzenschloß.

Drinnen war alles dunkel. Ich schlüpfte in die Diele und zog die Wohnungstür zu. Mein Atem ging wieder tief und ruhig, und meine Augen gewöhnten sich rasch an die Dunkelheit. Sorgfältig verstaute ich meine Einbruchswerkzeuge, ehe ich die Taschenlampe aus der Hose fingerte. Ich versuchte mich in der Dunkelheit zu orientieren und richtete erst dann den Strahl der Taschenlampe dorthin, wo ich den Kamin vermutete.

Der Kamin war auch da. Aber darüber war nichts. Nur eine weiße Fläche. Wo waren die blauen, roten und gelben Farbflächen? Wo die Leinwand und wo der Aluminiumrahmen? Und warum war nur ein Nichts über Onderdonks Kaminsims?

Ich knipste die Taschenlampe aus und stand einen Moment fassungslos in der Finsternis. Panik ergriff mich. Hatte ich womöglich das falsche Apartment erwischt? Hatte ich die Etagen verwechselt?

Ich ließ das schmale Lichtbündel meiner Lampe durch den Raum wandern. Da waren die beiden Bücherregale, ich erkannte sogar einige Bücher wieder. Und da war ein heller Fleck über dem Kamin, wo noch vor kurzem das Bild gehangen hatte, das ich gerade hatte stehlen wollen. Einen Augenblick hoffte ich, daß alles nur ein Traum war – aber ich wachte nicht auf.

Mehr und mehr beschlich mich das Gefühl, daß irgend etwas nicht stimmte. Es war nicht nur wegen des nicht vorhandenen Mondrian. Vorsichtig schlich ich weiter durch das Apartment und ließ gelegentlich meinen Scheinwerfer aufblitzen.

Kein Gemälde, keine Statue – eine leibhaftige Frau, die zwischen mir und der Tür stand, die Hände abwehrend erhoben, als wolle sie sich vor etwas Furchtbarem schützen.

»O mein Gott! Sie sind ein Einbrecher. Sie werden mir Gewalt antun, mich umbringen. O mein Gott!«

Laß es einen Traum sein. Ich sandte ein Stoßgebet ums andere nach oben. Aber es war kein Traum. Man hatte mich auf frischer Tat ertappt. Meine Taschen waren voll von Einbruchswerkzeugen, und ich hatte kein Recht, hier zu sein. Eine gründliche Durchsuchung meines Apartments würde so viele Briefmarken zutage fördern, daß man damit eine Zweigstelle der Post eröffnen konnte. Sie stand zwischen mir und der Tür. Aber selbst wenn ich an ihr vorbeigekommen wäre, hätte sie doch in der Halle anrufen können, bevor ich auch nur in die Nähe des Ausgangs gekommen wäre. Ihre Lippen öffneten sich. Sie würde gleich anfangen zu schreien. Und all das wegen einer verdammten Katze namens Archie. Täglich wurden unzählige dieser Biester eingeschläfert, weil sie keiner haben wollte. Und ich ruinierte mich, um für so ein Vieh das Lösegeld zu beschaffen.

Ich stand wie versteinert da und hielt den Lichtstrahl auf ihre Augen gerichtet. So, als ob ich sie hypnotisieren wollte. Aber sie sah mich nicht hypnotisiert an, sondern halb verrückt vor Angst. Früher oder später würde sich die Angst Luft machen und sie würde anfangen zu schreien. Als mir das klarwurde, begann ich über dicke, steinerne Mauern nachzudenken.

Sir Richard Lovelace war der Meinung, daß es nicht die steinernen Mauern sind, die ein Gefängnis ausmachen. Der hatte keine Ahnung. Mauern geben ein furchtbares Gefängnis ab und Gitter machen einen Käfig daraus. Ich hatte es erlebt und wollte nie mehr dorthin zurück.

Laß mich hier mit heiler Haut herauskommen, und ich werde –

Und ich werde was? Ich werde es wahrscheinlich wieder tun, denn ich bin unverbesserlich. Aber trotzdem, laß mich hier rauskommen, und wir werden sehen...

»Bitte«, flehte sie, »bitte, tun Sie mir nicht weh.«
»Ich werd Ihnen nicht weh tun.«
»Bringen Sie mich nicht um!«
»Niemand wird Sie umbringen.«

Sie war knapp einssiebzig groß und schlank, hatte ein ovales Gesicht und Augen, die einem Spaniel alle Ehre gemacht hätten. Ihr dunkles, schulterlanges Haar hatte sie straff zu zwei kecken Schwänzchen zusammengebunden. Sie trug helle Jeans und ein lehmfarbenes Hemd mit einem Alligator drauf. Ihre Wildlederslipper sahen aus wie das Schuhwerk, das ein Hobbit tragen würde.

»Sie werden mir weh tun.«

»Ich tue keiner Seele was zuleide. Nicht einmal einer Küchenschabe. Also, das stimmt nicht ganz. Ich gieße vielleicht etwas Borsäure darüber, was der Küchenschabe auch nicht so guttut, aber ich zertrete sie wenigstens nicht, weil ich nämlich Gewalt verabscheue.«

Warum redete ich nur soviel? Das mußten die Nerven sein und die Hoffnung, daß sie vielleicht so höflich war, nicht zu schreien, solange ich redete.

»O Gott, ich hab solche Angst.«

»Ich wollte Sie nicht erschrecken.«

»Sehen Sie nur, wie ich zittere.«

»Keine Angst.«

»Ich kann's nicht ändern. Ich bin zu Tode erschrocken.«

»Ich auch.«

»Sie auch?«

»Da können Sie Gift drauf nehmen.«

»Aber Sie sind doch ein Einbrecher, oder nicht?«

»Nun –«

»Natürlich sind Sie das. Sie tragen ja noch Ihre Gummihandschuhe.«

»Ich wollte mich gerade über den Abwasch hermachen.«

Sie begann zu lachen, aber es klang nicht fröhlich, sondern hysterisch. »Großer Gott, warum lache ich denn, ich bin doch in Gefahr.«

»Nein, das sind Sie nicht.«

»Doch, doch. So was passiert immer wieder. Eine Frau überrascht einen Einbrecher. Er vergewaltigt sie, bringt sie um, man findet sie. Erstochen.«

»Ich hab nicht mal ein Federmesser.«

»Erwürgt.«

»Hab keine Kraft in meinen Händen.«

»Witzbold.«

»Nett, daß Sie das sagen.«

»Sie machen mir eigentlich einen ganz ordentlichen Eindruck.«

»Genau, das trifft den Kern der Sache. Ich bin von Grund auf ein anständiger Kerl.«

»Ich bin ganz verwirrt.«

»Ganz ruhig, es wird alles gut.«

»Ich glaube Ihnen, aber ich hab immer noch Angst.«

»Ich weiß.«

»Ich kann nichts dagegen tun. Ich kann nicht aufhören zu zittern. Es ist ein Gefühl, als würde ich gleich in Stücke brechen.«

»Warten Sie, es wird Ihnen gleich bessergehen.«

»Könnten Sie vielleicht –«

»Was?«

»Es ist verrückt.«

»Ist schon in Ordnung.«

»Nein, Sie werden mich für verrückt halten. Ich meine, also, Sie sind ja der, vor dem ich mich fürchte, aber –«

»Nur zu.«

»Könnten Sie mich vielleicht in die Arme nehmen?«

»Sie meinen, ich soll Sie –«

»In die Arme nehmen und festhalten.«

»Nun, wenn Sie meinen, daß das hilft –«

»Ich brauch das jetzt einfach.«

»Gewiß, gewiß.«

Ich legte meinen Arm um sie, und sie vergrub ihr Gesicht an meiner Brust. Unsere T-Shirts preßten sich aneinander und verschmolzen zu einem. Ich fühlte die Wärme ihrer vollen Brüste durch die zwei dünnen Stoffschichten hindurch. So stand ich da im Dunkeln – meine Taschenlampe hatte ich längst wieder in der Hosentasche verstaut –, streichelte mit einer Hand ihr weiches Haar und tätschelte mit der anderen ihren Rücken.

Die furchtbare Anspannung wich allmählich aus ihrem Körper. Ich ließ sie nicht los, murmelte weiter beruhigend auf sie ein, atmete ihren Duft, spürte, wie ihre Wärme mich durchströmte und –

»Oh«, seufzte sie.

Sie hob ihren Kopf, und unsere Blicke trafen sich. Es war hell genug, daß ich ihre Augen sehen konnte. Sie waren so tief, daß ich fürchtete, darin zu ertrinken. Ich hielt sie fest, sah sie an, und es war geschehen.

»Das ist –«
»Ich weiß.«
»Verrückt.«
»Ich weiß.«

Ich ließ sie los. Sie zog ihr T-Shirt aus und ich das meine. Dann kehrte sie in meine Arme zurück. Erst jetzt merkte ich, daß ich immer noch Handschuhe trug. Ich streifte sie ab und fühlte ihre Haut unter meinen Fingern an meiner Brust.

»O Mann!«

9

»O Mann! O Mann!« seufzte sie noch einmal ein paar Minuten später, als unsere Kleider in einem Haufen auf dem Boden lagen und wir, als zweiter Haufen, daneben. Hätte ich die Wahl gehabt, ich hätte ein Polsterbett vorgezogen, aber auch auf einem Aubusson-Teppich waren unsere Leistungen ganz beachtlich. Das Gefühl, einen Traum zu erleben, der mit dem Verschwinden des Mondrian begonnen hatte, wurde von Minute zu Minute stärker. Und nun fand ich fast schon Gefallen daran.

Sanft ließ ich meine Hand über eine wunderbar geformte Oberfläche gleiten. Dann rappelte ich mich hoch und tappte durch das Dämmerlicht, bis ich eine Tischlampe fand. Ich knipste das Licht an. Sie versuchte instinktiv, ihre Blöße zu bedecken. Eine Hand lag auf ihrem Schoß, die andere verbarg notdürftig ihren Busen. Sie ertappte sich bei diesem hoffnungslosen Bemühen und lachte.

»Was hab ich gesagt? Ich wußte doch, daß du mir Gewalt antun würdest.«

»Merkwürdige Vergewaltigung.«

»Ich bin froh, daß du diese Handschuhe ausgezogen hast, sonst wär ich mir bestimmt wie bei einem Boxkampf vorgekommen.«

»Ach, übrigens, warum bist du eigentlich hier?«

Sie legte ihren Kopf zur Seite. »Sollte ich das nicht eher dich fragen?«

»Du weißt doch schon, warum ich hier bin. Ich bin ein Einbrecher. Ich wollte etwas stehlen. Aber wie ist das mit dir?«

»Ich lebe hier.«

»Sieh an, Onderdonk lebt allein, seit seine Frau gestorben ist.«

»Er ist zwar alleinstehend, aber er ist nicht allein.«

»Verstehe. Du und er, ihr habt ein –«

»Bist du schockiert? Ich hab's doch grade mit dir auf dem Wohnzimmerteppich getrieben. Da muß dir doch aufgefallen sein, daß ich keine Jungfrau mehr war. Warum sollte ich mit Gordon kein Verhältnis haben?«

»Wo ist er denn?«

»Er ist ausgegangen.«

»Und du hast hier auf seine Rückkehr gewartet?«

»Richtig.«

»Warum bist du dann vorhin nicht ans Telefon gegangen?«

»Warst du das? Ich geh nie an Gordons Telefon. Ich lebe schließlich nicht offiziell mit ihm zusammen. Ich übernachte nur gelegentlich hier.«

»Gehst du auch nicht an die Tür, wenn's klingelt?«

»Gordon benützt immer seinen Schlüssel.«

»Und du machst dann immer das Licht aus und stellst dich mit dem Rücken zur Wand.«

»Ich hab das Licht nicht ausgemacht. Es war noch gar nicht an. Ich bin beim Lesen auf der Couch eingeschlafen. Deshalb war ich auch nicht ganz bei mir, als du gekommen bist. Zufrieden?«

»Sehr zufrieden. Wo ist das Buch?«

»Das Buch?«

»In dem du gelesen hast.«

»Vielleicht ist es auf den Boden gefallen und unter die Couch gerutscht. Was macht das schon?«

»Überhaupt nichts.«

»Ich glaube, ich sollte die Fragen stellen. Wie bist du, zum Beispiel, unten am Empfang vorbeigekommen? Das ist doch eine gute Frage, nicht?«

»Eine großartige sogar. Ich bin auf dem Dach gelandet. Mit einem Hubschrauber. Dann hab ich mir über die Terrasse Zutritt zu einem Penthouse verschafft und bin die Treppen runtergelaufen. Und hier bin ich.«

»Hast du in dem Penthouse nichts geklaut?«

»Die hatten selber nichts. Da ist wohl das ganze Geld für die Wohnung draufgegangen.«

»Kommt das vor?«

»Du würdest dich wundern. Wie bist *du* eigentlich am Empfang vorbeigekommen?«

»Ich?«

»Ja, du wohnst doch nicht hier. Warum sollten sie dich reinlassen, wenn Onderdonk nicht da ist?«

»Als ich kam, war er noch da. Dann ist er ausgegangen.«

»Und dich hat er im Dunkeln zurückgelassen.«

»Ich hab dir doch gesagt –«

»Wie heißt die Hauptstadt von New Jersey?«

»New Jersey? Die Hauptstadt von New Jersey?«

»Ja.«

»Ist das 'ne Scherzfrage? Die Hauptstadt von New Jersey ist Trenton. Was soll das?«

»Nichts, ich wollte nur sehen, ob sich dein Gesichtsausdruck verändert, wenn du die Wahrheit sagst. Das letzte wahre Wort, das du gesagt hast, war: ›O Mann!‹ Du warst zwar zu Tode erschrocken, als du mich kommen hörtest, aber du wärst glatt gestorben, wenn ich Onderdonk gewesen wäre. Warum sagst du mir nicht einfach, was du stehlen wolltest und ob du es gefunden hast. Vielleicht kann ich dir suchen helfen.«

Sie sah mich nur an, und ihr Gesichtsausdruck wechselte mehrfach. Dann seufzte sie und wühlte in dem Kleiderhaufen.

»Ich zieh mich jetzt besser wieder an.«

»Wenn dir danach ist.«

»Er wird bald zurück sein. Zumindest wäre das möglich. Manchmal bleibt er die ganze Nacht weg, aber heute wird er wahrscheinlich gegen zwei nach Hause kommen. Wie spät ist es?«

»Fast ein Uhr.«

Wir sortierten unsere Klamotten auseinander und schlüpften hinein.

»Ich hab nichts gestohlen«, sagte sie. »Du kannst mich durchsuchen, wenn du mir nicht glaubst.«

»Gute Idee, zieh dich aus!«

»Aber ich hab mich doch – also, einen Moment dachte ich, du meinst es ernst.«

»War nur 'n Scherz.«

»Nun, vielleicht sollte ich dir wirklich die Wahrheit sagen.«

»Wär nicht schlecht.«

»Ich bin verheiratet.«

»Nicht mit Onderdonk.«

»Nein, natürlich nicht. Aber sagen wir mal, wir sind uns nähergekommen.«

»Auch auf diesem Teppich?«

»Nein, das war grad 'ne Premiere für mich. Du warst mein erster Einbrecher und mein erster Mann auf einem Teppich.«

Sie grinste plötzlich. »Hab mir schon immer vorgestellt, wie das wäre, wenn mich ein völlig Fremder einfach nimmt, leidenschaftlich und ohne Zaudern. Ich meine, nicht vergewaltigt, sondern überwältigt, so, daß mir vor Lust die Sinne schwinden.«

»Hoffentlich hab ich deinen Phantasien nicht den Garaus gemacht.«

»Ganz im Gegenteil, Liebling, du hast sie zum Leben erweckt.«

»Also kehren wir zu Onderdonk zurück. Du bist ihm nähergekommen.«

»Ziemlich, fürchte ich. Ich hab auch ein paar Briefe geschrieben.«

»Liebesbriefe?«

»Briefe der Lust, müßte man besser sagen. ›Hätt ich nur schon dein Dings in meinem Dings‹, und so weiter, du weißt schon. Solche Briefe waren das.«

»Oh, ich wette, du schreibst wunderschöne Briefe.«

»Gordon gefielen sie. Als wir aufhörten, uns zu sehen – wir haben unser Verhältnis schon vor Wochen beendet –, wollte ich meine Briefe zurückhaben.«

»Und er rückte sie nicht raus?«

»Sie seien an ihn gerichtet, sagt er, also gehörten sie ihm.«

»Hat er sie benützt, um dich zu erpressen?«

Ihre Augen weiteten sich. »Warum sollte er? Gordon ist reich, und ich habe überhaupt kein Geld.«

»Er könnte etwas anderes als Geld verlangt haben.«

»Du meinst Sex? Das hätte er gekonnt, ja, aber er tat es nicht. Unsere Beziehung endete in bestem Einvernehmen. Nein, er wollte nur die Erinnerung an unsere Affäre nicht verblassen sehen.«

»Er hat also diese Briefe behalten.«

»Und die Fotos.«

»Fotos?«

»Er hat ein paarmal Aufnahmen gemacht.«

»Von dir?«

»Ein paar von mir, aber auch welche von uns beiden. Er hat eine Polaroid-Kamera mit Selbstauslöser.«

»Da ist ihm sicher so mancher gute Schuß gelungen.«

»Kann man sagen.«

Ich riß mich von meinen angenehmen Vorstellungen los.

»Wir haben noch ein paar Minuten Zeit, und ich bin verdammt gut bei solchen Such- und Vernichtungsaktionen. Wenn die Briefe und Fotos in diesem Apartment sind, dann finde ich sie auch.«

»Hab sie schon gefunden.«

»Oh?«

»Sie waren in seiner Kommode. Da hab ich auch zuerst nachgesehen.«

»Und wo sind sie jetzt?«

»Im Müllschlucker.«

»Staub zu Staub. Asche zu Asche.«

»Weißt du, du hast 'ne Art, dich auszudrücken!«

»Besten Dank.«

»Mission beendet, wie? Du hast die Briefe und Bilder gefunden und dem Müllschlucker anvertraut. Und dann wolltest du deiner Wege ziehen.«

»Ganz recht.«

»Wie kam es dann, daß du noch hier warst, als ich mich hereinschlich?«

»Ich war gerade im Gehen. Als du geklingelt hast, hatte ich die Hand schon am Türgriff.«

»Wenn es nun Onderdonk gewesen wäre?«

»Würde der an seiner eigenen Wohnungstür klingeln?«

»Wie bist du reingekommen?«

»Er sperrt nie ab. Ich hab das Schloß mit einer Kreditkarte geöffnet.«

»Du weißt, wie man so was macht?«

»Weiß das nicht jeder? Man sieht solche Dinge doch in jedem Krimi. Fernsehen bildet, wie du weißt.«

»Scheint so. Die Tür war aber abgesperrt, als ich das Schloß geöffnet habe.«

»Ich hab von innen verriegelt.«

»Warum?«

»Keine Ahnung. Gewohnheit vermutlich. Ich hätte die Kette vorlegen sollen, dann hättest du gedacht, es wär jemand zu Hause, und wärst wieder abgezogen.«

»Sehr wahrscheinlich. Und du hättest keine Chance gehabt, deine Phantasien zu beleben.«

»Auch wieder wahr.«

»Was ist mit dem Gemälde geschehen?«

»Sie blinzelte mich an. »Wie?«

»Mit dem über dem Kamin, dort.«

»Ja, da hing ein Bild, nicht? Ja, natürlich, man sieht noch die Umrisse.«

»Ein Mondrian, ja.«

»Natürlich, wo hab ich nur meinen Kopf. Sein Mondrian. Oh, du wolltest seinen Mondrian stehlen!?«

»Ich wollte ihn mir nur mal ansehen. Die Museen schließen alle um sechs Uhr, und ich hatte das unstillbare Verlangen, mich im Abglanz wahrer Kunst zu sonnen.«

»Und ich dachte, du bist nur zufällig hier. Dabei bist du wegen des Mondrian gekommen.«

»Hab ich nicht gesagt.«

»Das mußt du auch nicht. Weißt du, er hat irgendwas über dieses Bild gesagt. Ist schon 'ne Weile her. Vielleicht komm ich noch drauf, was das war.«

»Nimm dir Zeit.«

»Gibt's nicht eine Ausstellung mit Arbeiten von Mondrian? Oder überhaupt von der De-Stijl-Schule. Sie wollten, daß Gordon ihnen seinen Mondrian leiht.«

»Und sie haben ihn heute nachmittag abgeholt?«

»Wieso – wenn du das weißt, warum bist du dann hier?«

»Ich weiß nicht, wann er verschwunden ist, ich weiß nur, daß er gestern noch da war.«

»Woher weißt du das? Laß nur, das willst du mir wahrscheinlich nicht sagen. Aber warte mal, ich glaube, Gordon wollte das Bild für die Ausstellung neu rahmen lassen. Es war in einem Aluminiumrahmen, wie die anderen Bilder hier, und er wollte dafür einen Rahmen, der die Ränder nicht verdeckt. Mondrian hat immer über die Kanten der Leinwand hinausgemalt. Das ist praktisch ein Teil des Kunstwerks. Jedenfalls könnte es sein, daß das Bild deshalb nicht da ist. Wie spät ist es?«

»Zehn nach eins.«

»Ich muß gehen, ob er nun zurückkommt oder nicht. Wirst du noch irgendwas anderes stehlen?«

»Nein, wieso?«

»Ich wollt's nur wissen. Möchtest du zuerst gehen?«

»Nicht unbedingt.«

»So?«

»Das kommt, weil ich so ritterlich bin. Nicht nur von wegen ›Frauen und Kinder zuerst‹, sondern weil ich mir ewig Sorgen machen würde, wenn ich nicht wüßte, daß du sicher hinausgekommen bist. Wie willst du das übrigens anstellen?«

»Genauso, wie ich reingekommen bin. Ich fahr mit dem Aufzug runter, lächle betörend und bitte den Portier, mir ein Taxi zu rufen.«

»Wo wohnst du?«

»'ne Taxifahrt von hier entfernt.«

»Ich auch. Wir sollten aber doch besser zwei verschiedene Taxis nehmen. Du willst mir deine Adresse nicht geben?«

»Nein, eigentlich nicht. Ich glaub, es ist nicht sehr ratsam, einem Einbrecher seine Adresse zu geben. Du könntest mit dem Familiensilber durchgehen.«

»Nicht seit dem Kursverfall bei Silber. Das lohnt sich nicht mehr. Aber vielleicht würd ich dich gern wiedersehen?«

»Überlaß das dem Zufall.«

»Ich weiß ja nicht mal deinen Namen. Ich heiße Bernie.«

»Bernie, der Einbrecher. Ich glaub, es ist nicht schlimm, wenn ich dir auch meinen Vornamen sag.«

»Außerdem könntest du einen erfinden.«

»Hast du das getan? Also, das würd ich nicht fertigbringen. Ich lüge nie.«

»Sehr vernünftig.«

»Ich bin Andrea.«

»Andrea. Weißt du, was ich gern täte, Andrea? Ich würd mich nur zu gern wieder auf diesem Aubusson mit dir vergnügen.«

»Klingt nicht schlecht. Aber wir haben keine Zeit mehr. Ich muß schnellstens hier raus.«

»Es wär nett, wenn wir irgendwie in Kontakt bleiben könnten.«

»Es ist nur so, daß ich verheiratet bin.«

»Aber gelegentlich kommst du jemandem näher.«

»Gelegentlich. Vielleicht sagst du mir, wie ich *dich* erreichen könnte –«

»Hmm.«

»Siehst du? Du willst das Risiko auch nicht eingehen. Wir sollten es wirklich bei dem belassen, was war. Schiffe, die sich in der Nacht begegnen, wie es so schön heißt. So sind wir beide sicher.«

»Du könntest recht haben. Aber vielleicht haben wir irgendwann mal das Gefühl, daß sich das Risiko gelohnt hätte. Weißt du, was die traurigsten Worte sind, die je gesprochen oder geschrieben wurden?«

»Es hätte sein können. Du bist sehr wortgewandt, aber John Greenleaf kann's immer noch besser.«

»Bei Gott, du liest Gedichte, du bist allwissend, und du kannst ›es‹ verdammt gut. Mit einem Wort, ich kann dich nicht gehen lassen. Ich hab's.«

»Was?«

»Du kaufst dir jede Woche die *Village Voice* und liest die Kleinanzeigen. Okay?«

»Okay, und du tust das bitte auch.«

»Darauf kannst du dich verlassen. Meinst du, ein Einbrecher und eine Ehebrecherin haben die Chance auf ein kleines gemeinsames Glück? Wir müssen es nur drauf ankommen lassen. Jetzt aber fort mit dir. Hol den Lift nach oben.«

»Willst du nicht mit mir runterfahren?«

»Ich muß hier noch ein wenig aufräumen. Außerdem möchte

ich nicht, daß du mit hineingezogen wirst, wenn ich Schwierigkeiten kriegen sollte.«

»Könnte das passieren?«

»Wahrscheinlich nicht. Ich hab ja nichts gestohlen.«

»Das war's, was ich wissen wollte. Es könnte mir ja gleich sein, ob du was gestohlen hast oder nicht, aber anscheinend ist es das nicht. Umarmst du mich, Bernie?«

»Hast du schon wieder Angst?«

»Quatsch. Ich fühl mich nur wohl in deinen Armen.«

Ich streifte meine Handschuhe ab und wartete an der angelehnten Tür, bis Andrea den Aufzug gerufen hatte. Dann verriegelte ich die Tür von innen. Eilig durchsuchte ich das ganze Apartment. Ich öffnete keine Schubladen oder Schränke, ich sah lediglich in jedes Zimmer und ließ für einen Augenblick die Dekkenbeleuchtung aufflammen. Nur lange genug, um zu sehen, ob noch irgend etwas auf Andreas Anwesenheit hindeutete.

Ich wollte auch keine Leichen im Bett oder auf dem Fußboden übersehen. Nicht, daß man so was im allgemeinen erwartet, aber man hat mich mal bei einem Einbruch erwischt, bei einem gewissen Mr. Flaxford. Und dieser Mr. Flaxford lag tot im Nebenzimmer. Die Polizei hatte leider vor mir Wind davon bekommen. Also war ich diesmal vorsichtiger. Außerdem hätte es mich schon sehr entzückt, wenn ich vielleicht irgendwo ein großes Paket gefunden hätte, das sich als ein Mondrian inkognito entpuppte.

Aber das Glück war mir nicht hold. Ich suchte auch nicht allzulang danach. Um ehrlich zu sein, ich beeilte mich ziemlich, diesen Ort zu verlassen. Als ich endlich wieder draußen auf dem Korridor stand, kam gerade der Aufzug nach oben.

Wimmelte es da drin vielleicht schon von netten Burschen in Blau? Stand ich im Begriff, wie schon Samson, Lord Randall und manch anderer gerissener Schurke vor mir, durch Weiberlist aufs Kreuz gelegt zu werden? Es war nicht besonders sinnvoll, jetzt dieser Frage auf den Grund zu gehen. Also zog ich Leine und ging hinter der Feuertür in Deckung. Vorsichtig lugte ich durch einen Spalt auf den Korridor hinaus. Der Lift hatte nicht angehalten. Er fuhr weiter nach oben, hielt an und passierte nach kurzer Zeit wieder die sechzehnte Etage auf dem Weg nach unten.

Erst jetzt wagte ich mich wieder zu Onderdonks Wohnungstür, um ordentlich abzuschließen. Erst hinterher fiel mir ein, was Andrea gesagt hatte: daß Gordon Onderdonk seine Tür nie abschloß. Also fing ich wieder von vorn an und seufzte ob all der nutzlos vertanen Zeit und Mühe. Dann streifte ich meine Handschuhe ab, steckte sie in die Tasche und ging zum Aufzug.

Weit und breit keine Polizisten. Nicht im Lift, nicht in der Halle und nicht auf der Straße. Unbehelligt verließ ich das Charlemagne und nahm mir ein paar Blocks weiter ein Taxi für die Heimfahrt.

Zu Hause angekommen, hätte ich mich gern sofort ins Bett gelegt. Aber ich mußte mich erst um J. C. Applings Briefmarken kümmern. Und ich war wirklich bekümmert. Vielleicht hätte ich es riskiert, die Arbeit liegenzulassen, aber nicht nach all dem, was ich in den vergangenen zehn Stunden im Charlemagne erlebt hatte. Da gab es zu viele persönliche Kontakte, genug, um das Interesse der Polizei auf mich zu lenken. Ich hatte mir zwar in Onderdonks Apartment nicht das geringste zuschulden kommen lassen, hatte nichts gestohlen. Das einzige, was ich im Charlemagne überhaupt geklaut hatte, waren Applings Briefmarken und die Ohrringe (die durfte ich nicht vergessen) – aber ich konnte die Briefmarken keinesfalls bei mir rumliegen haben, wenn einer mit seiner Hundemarke und einem Haussuchungsbefehl an meine Tür klopfte.

Ich verbrachte die ganze Nacht mit diesen verdammten Briefmarken. Mit Bargeld hat man solche Probleme nicht. Man gibt's einfach aus oder behält es, ganz nach Belieben.

Nachdem ich die Marken in neuen Zellophantütchen verstaut hatte, warf ich Applings Plastikhüllen in den Müllschlucker, zusammen mit den Albumseiten. Dann legte ich die Tütchen in mein Spezialversteck hinter einer vorgetäuschten Schalttafel mit diversen Steckdosen, aber ohne elektrische Zuleitung. Es ist nichts anderes als eine Platte mit ein paar aufgeschraubten Steckdosen. Dies Platte läßt sich leicht von der Wand lösen und gibt dann einen Hohlraum frei von der Größe eines Brotlaibs. Hier bewahre ich immer meine Beute auf, bis ich sie verhökern kann. Auch mein Einbruchswerkzeug hat dort seinen Platz.

Es gibt noch ein weiteres Versteck dieser Art in meiner Wohnung. Es ist kleiner, aber für mein Schmugeld reicht es. An der davor befestigten Steckdose ist sogar mein Radio angeschlossen. Allerdings läuft das Radio mit Batteriebetrieb. An diesem Platz liegen immer ein paar tausend Dollar in kleinen Scheinen. Sauberes Geld, versteht sich. Für den Fall, daß ich mal einen Polizisten bestechen oder eine Kaution bezahlen muß. Vielleicht auch, um ein Ticket nach Costa Rica zu kaufen, wenn mir der Boden hier zu heiß wird.

Zum Schlafen kam ich in dieser Nacht nicht mehr. Ich duschte und zog frische Sachen an. Dann genehmigte ich mir bei meinem Griechen um die Ecke ein frisches Weißbrot, einen Teller Eier mit Speck und eine große Kanne Kaffee. Ich schlürfte genüßlich meinen Kaffee und spürte allmählich die Auswirkungen meiner ereignisreichen, schlaflosen Nacht. Meine Gedanken ließen sich nicht mehr kontrollieren, glitten ein paar Stunden in die Vergangenheit zurück. Geschickte, eifrige Hände tauchten vor mir auf, weiche Haut und ein warmer Mund. Ich fragte mich, ob es wenigstens ein Körnchen Wahrheit gab unter all den Lügen, die sie mir aufgetischt hatte.

Ich hatte einen seltsamen Zauber gespürt. Ein magisches Band schien zwischen unseren Seelen und unseren Körpern zu existieren. Ich war müde genug, um diesem Zauber zu gestatten, sich bei mir einzunisten. Ein kleiner Schritt nur noch, und ich hätte mich in sie verliebt.

Und was wäre schon dabei, beruhigte ich meine aufflackernde Vernunft. Viel gefährlicher als Drachenfliegen mit verbundenen Augen konnte es auch nicht sein. Auf jeden Fall wäre es harmloser, als mit offenen Wunden in Haifischrevieren zu schwimmen, mit einer Flasche Nitroglyzerin Fang-den-Ball zu spielen oder in Kellys Irish Pub *Rule, Britannia* zu singen.

Ich bezahlte die Rechnung und gab zuviel Trinkgeld. Wie das Verliebte halt so zu tun pflegen. Dann schlenderte ich zum Broadway hinüber und bestieg dort eine Bahn zur Innenstadt.

10

Ich sperrte das Scherengitter auf, öffnete die Tür, hob die Post vom Boden auf und schleuderte sie achtlos auf den Ladentisch. Dann schleppte ich den Wühltisch nach draußen und hängte das Schild »Geöffnet« an die Tür. Bis ich endlich hinter meinem Ladentisch saß, kam auch schon der erste Besucher. Es war ein Herr mit runden Schultern. Er trug ein Norfolk-Jackett und durchstöberte ohne sonderliches Interesse die Belletristik-Regale. Ich öffnete meine Post. Ein paar Rechnungen waren darunter, Buchkataloge, eine Anfrage und ein Brief mit Regierungsstempel von einem Clown, der hoffte, er dürfe mich weiterhin im Kongreß vertreten. Ein verständlicher Wunsch, da er sonst anfangen müßte, sein Porto selbst zu bezahlen.

Während der Mann im Norfolk-Jackett ein Buch von Charles Reade durchblätterte, kaufte ein bläßlicher junger Mann mit vorstehenden Zähnen ein paar Bücher vom Wühltisch. Sein Gesicht erinnerte mich an einen Biber. Das Telefon klingelte, und jemand wollte wissen, ob ich etwas von Jeffery Farnol da hätte. Danach hatte mich noch niemand gefragt, wenngleich ich schon Tausende von Anfragen bekommen hatte. Ich konnte dem Anrufer versichern, daß ich verschiedene Titel auf Lager hätte. Ich versprach sogar, die Bücher für ihn zurückzulegen, obwohl es unwahrscheinlich war, daß sich noch ein anderer Interessent dafür finden würde. Ich nahm die Bände aus dem Regal und legte sie auf den Tisch im Hinterzimmer. Als ich in den Laden zurückkehrte, sah ich mich einem großen, wohlgenährten Mann gegenüber. Sein dunkler Anzug erweckte den Eindruck, als wäre er peinlichst genau für einen anderen zugeschnitten worden.

»Na, na, na«, sagte Ray Kirschmann, »wenn das nicht Miz Rhodenbarrs hoffnungsvoller Sprößling Bernard ist.«

»Du klingst überrascht, Ray. Das ist mein Laden, mein Arbeitsplatz. Ich bin immer hier.«

»Deshalb bin ich ja hierhergekommen. Aber du warst nirgends zu sehen, und ich dachte schon, dich hätte jemand überfallen.«

Über Rays Schulter hinweg warf ich einen Blick auf den Burschen mit dem Norfolk-Jackett. Er stöberte immer noch lustlos herum.

»Gehen die Geschäfte gut, Bern?«
»Kann mich nicht beklagen.«
»Man schlägt sich so durch, wie?«
»Ich komm zurecht.«
»Und du hast die Befriedigung, daß du den steinigen Pfad der Tugend gewählt hast. Ist 'ne Menge wert, so was.«
»Ray –«
»Seelenfrieden, ja, das haste nu. Is 'ne Menge wert, so 'n Seelenfrieden.«

Ich deutete mit dem Kopf in Richtung des Besuchers, der ganz offensichtlich die Löffel spitzte. Ray drehte sich um, betrachtete meinen Kunden und rieb sich das Kinn.

»Oh, hab schon kapiert, Bern. Du hast Angst, der Herr da könnte schockiert sein, wenn er von deiner kriminellen Vergangenheit erfährt. Ist es so?«

»Um Himmels willen, Ray.«

»Sir«, verkündete er lauthals, »es ist Ihnen vielleicht bislang entgangen, daß Sie das Privileg haben, ein Buch von einem ehemaligen Gewohnheitsverbrecher zu kaufen. Bernie war ein Künstler seines Fachs. Er hätte Ihre werte Person ohne viel Federlesens aus Ihrer eigenen Wohnung geklaut. Und nun ist er der wandelnde Beweis für die Bekehrung eines Kriminellen. Ich sag's ganz im Vertrauen, mein Herr, wir von der New Yorker Polizei halten 'ne ganze Menge von Bernie. Tjawoll, Wertester, sehen Sie sich nur um hier. Ich bin der letzte, der Sie verjagen will.«

Aber mein Kunde war schon zur Tür hinausgestolpert.

»Besten Dank.«

»Ach, das war doch sowieso ein knickriger Hund. Hättste kein Geschäfft gemacht, mit dem. Solche Typen halten 'ne Buchhandlung doch für 'ne Wärmestube. Wie kannste nur von der Klitsche leben?«

»Ray –«

»Sah auch ziemlich verschlagen aus, der Kerl. Hätt das Buch bestimmt geklaut. Ehrliche Leute wie du können sich gar nicht vorstellen, wieviel Halunken es auf der Welt gibt.«

Ich sagte kein Wort. Warum sollte ich ihn ermutigen?

»Hör mal, Bern, du hast doch andauernd Bücher um dich, und

du liest auch immerzu. Jetzt möcht ich dir gern was vorlesen. Hast 'ne Minute Zeit für mich?«

»Nun, ich –«

»Sicher haste.« Er griff in dem Augenblick in seine Jackentasche, als Carolyn zur Tür hereinstürmte. »Da bist du ja. Ich ruf bei dir zu Hause an – keiner da. Dann ruf ich wieder an – belegt. Nun ist es mir zu dumm – oh, hallo, Ray.«

»›Oh, hallo, Ray‹, kannste das nich' so sagen, als würd's dich freuen, mich zu sehen, Carolyn? Ich bin keiner von den Pinschern, denen du den Pelz waschen sollst.«

»Das wollen wir mal dahingestellt sein lassen, Ray.«

»Carolyn, du hast angerufen, und er war nicht da, dann war belegt, und dann haste dich flugs auf die Socken gemacht und bist hierhergewetzt. Das heißt, du hast ihm was zu sagen.«

»Und?«

»Na, dann sag's doch.«

»Das dauert länger.«

»Dann wär's besser, du trollst dich wieder zu deinen Bluthunden.«

»Den Vorschlag wollt ich dir gerade machen, Ray. Warum kümmerst du dich nicht um deine Verbrecher? Ich hab was mit Bernie zu besprechen.«

»Ich auch, Süße. Ich wollte gerade seine literarischen Kenntnisse aufpolieren. Aber, zum Teufel, warum sollst du nicht hören, was ich ihm vorlesen will.«

Er zog eine kleine Karte aus der Tasche. »Sie haben das Recht zu schweigen. Sie haben das Recht einen Anwalt zu konsultieren. Wenn Sie über keinen Rechtsbeistand verfügen, haben Sie das Recht, sich einen solchen besorgen zu lassen.« Er las genußvoll weiter, aber ich will nicht die ganze Litanei wiederholen. Wenn Sie's genauer wissen wollen, werfen Sie einen Stein durch das Fenster des nächsten Polizeireviers. Dann kommt sofort ein freundlicher Beamter heraus und liest Ihnen das Ganze Wort für Wort vor.

»Ich versteh nicht ganz, Ray. Was soll das?«

»Ach, Bernie. Willste nicht erst meine Frage hören? Okay? Also, du kennst das Charlemagne?«

»Sicher. Warum?«

»Warst du mal drin?«
»In der Tat. Vorgestern abend.«
»Is es nich' spaßig. Nächstens sagste mir noch, du kennst einen Mann namens Gordon Onderdonk.«
Ich nickte. »Ja, wir kennen uns. Er war mal hier im Geschäft, und vor zwei Tagen war ich bei ihm.«
»In seinem Apartment im Charlemagne?«
»Ja, genau.« Worauf wollte er hinaus? Ich hatte bei Onderdonk nichts gestohlen. Der hätte mich wohl auch kaum wegen des Diebstahls von Andreas Briefen angezeigt. Wollte Ray mich auf Umwegen wegen des Diebstahls von Applings Briefmarken festnageln? Und wie sollten die Applings den Verlust so schnell bemerken, und wie sollte Ray so rasch auf mich verfallen?
»Er hat mich zu sich gebeten, weil er seine Privatbibliothek schätzen lassen wollte, die er aber wahrscheinlich gar nicht verkaufen will. Ich hab 'ne ganze Weile damit verbracht, die Bücher zu begutachten und ihren ungefähren Marktwert zu ermitteln.«
»Wie reizend von dir.«
»Ich wurde dafür bezahlt.«
»Oh, ist das so? Hat 'n Scheck ausgeschrieben, oder?«
»Nein, er hat mich bar bezahlt. Zweihundert Dollar.«
»Was du nicht sagst. Du wirst diese Einnahme sicher bei deiner Steuererklärung angeben. Gesetzestreuer Bürger, der du bist.«
»Was soll der Sarkasmus, Ray? Bernie hat nichts getan.«
»Das sagen alle. Die Gefängnisse sind voller unschuldiger Chorknaben, denen korrupte Polizisten ein Bein gestellt haben.«
»Bei Gott, es laufen ja auch genug korrupte Polizisten bei uns rum. Was tun die eigentlich, wenn sie nicht gerade unschuldige Bürger hinter Schloß und Riegel bringen?« Carolyn war schwer in Fahrt.
»Wie auch immer, Bern –«
»Na, was tun sie, außer sich in Restaurants freihalten zu lassen?« Sie ließ Ray nicht zu Wort kommen. »Und außer sich an Straßenecken schmutzige Witze zu erzählen, während alte Damen erstochen und vergewaltigt werden. Außer –«

»Und außer sich die Beschimpfungen von einem wildgewordenen Mannweib anzuhören, dem man schnellstens eine Tollwutspritze und einen Maulkorb verpassen sollte.«

Jetzt hatte ich genug von dem Geplänkel.

»Komm endlich zur Sache, Ray. Du hast mich gerade von meinen Rechten in Kenntnis gesetzt, und da steht, daß ich keine Fragen beantworten muß. Also hör auf, mir welche zu stellen. Dafür hab ich eine Frage an dich. Was zum Teufel soll dieser Affenzirkus?«

»Was das soll? Ja, wonach sieht's denn aus? Du bist verhaftet, Bernie. Warum sollte ich dir sonst wohl die ganze Litanei vorlesen?«

»Verhaftet weswegen?«

»Ach, lieber Himmel, Bernie.« Er seufzte und schüttelte den Kopf, so, als hätte ich einmal mehr seine Meinung von der Schlechtheit der menschlichen Rasse bestätigt. »Dieser Bursche namens Onderdonk, sie haben ihn gefunden, in seinem Schlafzimmerschrank, gefesselt und geknebelt, mit eingeschlagenem Schädel. Genügt das?«

»Ist er tot?«

»Wieso, willst du sagen, er hätte noch geatmet, als du ihn in diesem Zustand zurückgelassen hast? Wie rücksichtslos von ihm, einfach abzukratzen. Aber er hat's nun mal getan. Er ist hinüber, na gut. Und das, wofür ich dich hinter Gitter bringe, ist Mord.«

Er hielt mir ein paar Handschellen unter die Nase. Die Dinger muß ich benutzen, Jungchen, ist Vorschrift. Aber ich laß dir noch Zeit, deinen Laden zu schließen. Schlage vor, du machst das sehr sorgfältig, wird wohl 'n Weilchen dauern, bis du wieder hier bist.«

Ich gab keinen Ton von mir, stand nur so da.

»Carolyn, kannst ja mal die Tür aufhalten, während Bernie und ich den Tisch reinschleppen. Willst 'n doch nicht draußen stehen lassen, nehm ich an. Die klauen dir erst die Bücher, und dann kriegt der ganze Tisch Beine. Ach, Bernie, verdammt! Was ist denn bloß in dich gefahren? Du warst doch immer ein sanfter Typ. Diebstahl ist Diebstahl, aber warum mußtest du ihn auch noch umbringen?«

11

Das Schwierigste für mich ist«, keuchte Wally Hemphill, »die Zeit für meine Meilen rauszuschinden. Wenn ich einen Kunden habe, der selber gern läuft, ist das kein Problem. Gibt ja auch 'ne Menge Leute, die ihre Geschäftsabschlüsse bei 'ner Runde Golf machen. Ich trabe dann eben mal mit einem Klienten ums Wasserreservoir. Was meinst du, Bernie, könnten wir das Tempo ein bißchen steigern?«

»Weiß nicht, wir sind doch schon ziemlich schnell.«

Er lachte höflich und gab Gas. Ich hielt japsend mit ihm Schritt. Es war immer noch Donnerstag, und ich hatte immer noch kein Bett gesehen. Mittlerweile war es halb sieben Uhr abends, und ich drehte mit Wally Hemphill eine Jogging-Runde im Central Park. Mit uns waren noch unzählige andere Läufer unterwegs und verwandelten Sauerstoff in Kohlenstoff.

»Ruf bei Klein an«, hatte ich Carolyn gebeten, als ich den Laden in Handschellen verließ.

»Sag ihm, er soll mich aufsammeln, und hol bei mir zu Hause das Geld für meine Kaution.«

»Sonst noch was?«

»Mach dir 'n schönen Tag.«

Während Ray mich abführte und Carolyn in eine entgegengesetzte Richtung davonstakste, dachte ich daran, wie Norb Klein mir in den vergangenen Jahren mehrmals geholfen hatte. Er war ein netter, kleiner Kerl, der ein bißchen wie ein fettes Wiesel aussah. Er hatte eine bescheidene Anwaltskanzlei am Queens Boulevard. Seine Auftritte vor Gericht waren nicht sonderlich beeindruckend, aber er verstand es gut, im Hintergrund die Fäden zu ziehen. Er wußte immer, welcher Richter welchen Argumenten zugänglich war, und ähnlich nützliche Dinge. Ich überlegte gerade, wann ich Norb zum letzten Mal gesehen hatte, als Ray im Plauderton sagte: »Hast du's schon gehört, Bern? Norb Klein ist tot.«

»Was?«

»Du weißt ja, was er für 'n Schürzenjäger war. Der hätte doch nie 'ne Nutte vertreten, wenn sie ihm nicht gleich eine Probe ihres Könnens geliefert hätte. Und weißt du, wie er den Löffel weggelegt hat? Er hat's seiner Sekretärin auf der Büro-Couch besorgt. Dabei war das Mädel doch schon sieben oder acht Jahre bei ihm. Jedenfalls hat sein Wecker aufgehört zu ticken. Herzschlag. Tod im Sattel. Die Kleene sagt, sie hätt alles getan, um ihn wiederzubeleben, das hatse wohl auch. Aber umsonst.«

»O Gott, Carolyn!«

Ich hielt mit Carolyn eine hastige Konferenz auf offener Straße ab. Der einzige Name, der mir einfiel, war der von Wally Hemphill, der sich zugleich mit dem Training für den Marathon vielleicht vor Norb Kleins Schicksal schützen wollte. Er hatte eine Anwaltskanzlei, die sich üblicherweise mit Ehescheidungen, Testamenten, Partnerschaftsverträgen und ähnlichem befaßte. Ich hatte keine Ahnung, ob er sich auch mit dem Strafrecht auskannte. Aber er war zumindest gekommen und hatte mich auch prompt gegen Kaution aus dem Knast geholt, was ihm Gott danken möge. Er hatte mir auch geraten, keine weiteren Fragen der Polizei zu beantworten. Sollte ich also meine Tour durch den Park tatsächlich überleben, waren meine Zukunftsaussichten nicht mehr ganz so düster.

»Ist schon komisch, Bernie, wir haben einander doch schon öfter bei unseren Runden gesehen, und du warst für mich nie was anderes als ein Läufer.«

»Na ja. aber mehr als drei Meilen hab ich nie gemacht, und bergauf schon gar nicht.«

»Nein, Bernie, du hast mich nicht ausreden lassen. Ich meinte, daß ich nie auf die Idee gekommen wäre, daß du ein Einbrecher sein könntest. Man kann sich einfach nicht vorstellen, daß ein Einbrecher auch durch Parks joggt und so.«

»Na, dann sieh in mir halt den Antiquariatsbuchhändler.«

»Ach ja, deshalb warst du wohl auch in Onderdonks Wohnung.«

»Richtig.«

»Auf seine Einladung hin. Du warst vorgestern abend bei ihm, also am Dienstag.«

»So ist es.«

»Und er lebte noch, als du weggingst.«

»Natürlich lebte er noch. Ich hab in meinem ganzen Leben noch niemanden umgebracht.«

»Du hast ihn gefesselt?«

»Nein, nichts dergleichen. Als ich ging war er noch gesund und munter und verabschiedete sich von mir an der Aufzugtür. Nein da fällt mir gerade ein, daß sein Telefon klingelte und er deshalb in seine Wohnung zurückging.«

»Das heißt, daß der Fahrstuhlführer ihn nicht mehr gesehen hat, als du weggingst.«

»Ja.«

»Wann war das genau? Wenn er mit jemandem telefoniert hat und wir herausfinden könnten, mit wem —«

»Es war vermutlich gegen elf Uhr.«

»Aber wieso konnte dich dann das Personal von der Spätschicht identifizieren? Die fing doch erst um zwölf Uhr an. Der Portier sagte, er hätte dich um eins rausgelassen. Wenn du Onderdonk also um elf verlassen hast —«

»Könnte auch halb zwölf gewesen sein.«

»Da hast du wohl lange auf den Fahrstuhl warten müssen.«

»Damit ist es so wie mit der Bahn. Wenn einem mal eine vor der Nase weggefahren ist, wartet man auf die nächste eine Ewigkeit.«

»Du hattest im Charlemagne noch was anderes zu erledigen?«

Ich glaub nicht, daß Norb Klein da schneller draufgekommen wäre. »Ja, so könnte man sagen«, gab ich zu.

»Und letzte Nacht bist du nochmal in das Gebäude gegangen, ohne Onderdonk zu bemühen. Das Personal der Nachtschicht schwört, du hättest das Charlemagne in den vergangenen zwei Nächten zu Fuß verlassen. Und der Fahrstuhlführer behauptet, er hätte dich beide Male in Onderdonks Etage abgeholt. Kann das sein?«

»Hmm.«

»Sie sagten, du hättest dich als Sandwich-Lieferant eines Delikatessengeschäfts eingeschlichen.«

»Ich kam als Bote eines Blumenladens. Da siehst du mal, wie verläßlich Augenzeugen sind.«

»Ich glaub, die haben auch Blumenladen gesagt, aber ich hab's wohl verwechselt. Im übrigen machst du dir was vor, wenn du meinst, daß das schlechte Zeugen sind. Und der medizinische Befund ist auch nicht gerade rosig.«

»Wie meinst du das?«

»Wie ich erfahren habe, wurde Onderdonk durch einen Schlag auf den Kopf getötet. Er wurde zweimal von einem harten, schweren Gegenstand getroffen. Der zweite Schlag hat ihn ins Jenseits befördert. Schädelbruch und Verletzungen des Gehirns. Ich weiß nicht, wie das nun genau heißt im Mediziner-Latein. Jedenfalls ist er daran gestorben.«

»Haben sie die Tatzeit genannt?«

»Ungefähr.«

»Und die wäre?«

»Laut Gutachten des Gerichtsmediziners starb er so ungefähr zwischen deiner Ankunft im Charlemagne und deinem Abgang.«

»Als ich das zweite Mal wegging, meinst du?«

»Nein.«

»Nein?«

»Du bist am Dienstagabend zu Onderdonk gedanken. Stimmt's? Und kurz vor eins am Mittwochmorgen hast du das Charlemagne verlassen.«

»Ja, so ungefähr war's.«

»Nun, und da ist er gestorben. Sie können es nicht auf die Minute genau bestimmen, weil schon vierundzwanzig Stunden verstrichen waren, ehe man die Leiche entdeckte. Aber es ist auf jeden Fall in dieser bewußten Nacht passiert. – Bernie? Wohin des Wegs?«

»Ich nehm die Abkürzung.«

»Hör zu, in ein paar Jahren wirst du nach solch einem Kurs winseln. Die Gefängnishöfe sind flach wie ein Brett, aber immerhin, du hast 'ne Menge Zeit fürs Training. Ich hatte mal einen Klienten, der sitzt in Green Haven, und der läuft jede Woche hundert Meilen. Was glaubst du, wie der in Hochform ist, wenn er wieder rauskommt.«

»Wally, ich kann nicht mehr, diese hügeligen Strecken schaffen mich. Sag mal, wie ist es möglich, daß er starb, bevor ich das Gebäude verließ?«

Er sagte eine Weile gar nichts. Wir liefen in einträchtigem Schweigen nebeneinander her. Als er dann zu sprechen anfing, sah er mich nicht an.

»Ich könnte mir schon vorstellen, wie das passiert ist. Mehr aus Versehen wahrscheinlich. Er war ein großer, massiver Bursche. Du mußtest ihn k. o. schlagen und fesseln, um ihn ausrauben zu können. Und dann hatte er vielleicht ein Blutgerinnsel im Hirn, oder irgendwas in der Art. Er könnte gestorben sein, ohne daß du's bemerkt hast. Sonst wärst du ja bestimmt am nächsten Tag nicht wieder dorthin gegangen. Aber, Moment mal, wenn du wußtest, daß du ihn lebend zurückgelassen hattest, hättest du das Charlemagne doch wahscheinlich auch gemieden wie die Pest?«

»So ist es.«

»Du hast ihn nicht umgebracht.«

»Natürlich nicht.«

»Es sei denn, du hast ihn getötet, ganz bewußt, und bist zurückgegangen um – was zu tun?«

»Ich hab ihn nicht angerührt und hab ihm nichts gestohlen, und ermordet hab ich ihn auch nicht.«

»Vergiß Onderdonk mal für einen Augenblick. Wann bist du wieder ins Charlemagne gegangen? Du hast doch dort am Abend vorher einen Einbruch verübt. Stimmt doch, oder? Du hast irgend etwas gestohlen, nachdem du Onderdonk verlassen hattest.«

»Richtig.«

»Also, warum bist du zurückgekehrt? Sag bloß nicht, das sei eine ganz einfache Sache. Ich glaub nämlich nicht, daß es leicht ist, dort reinzukommen.«

»Nein, es ist schwieriger, als Fort Knox zu knacken.«

»Es vereinfacht die Sache, wenn du mir reinen Wein einschenkst, Bernie. Alles, was du mir sagst, bleibt unter uns, ich kann es gar nicht gegen dich verwenden.«

»Das weiß ich.«

»Also?«

»Ich ging wieder in Onderdonks Apartment.«

»Hattest du wieder eine Verabredung mit ihm? Nein, denn du hast die Sandwich-Maske benützt, um reinzukommen.«

»Die Blumen-Maske.«

»Hab ich wieder Sandwich gesagt? Also, du bist zurückgekommen, weil du wußtest, daß er tot war.«

»Ich ging hin, weil ich wußte, daß er ausgegangen war. Er hat nämlich den Telefonhörer nicht abgenommen.«

»Du hast ihn angerufen? Warum?«

»Um sicher zu sein, daß er nicht zu Hause war.«

»Warum wolltest du das wissen?«

»Ich wollte etwas stehlen.«

»Dir war etwas ins Auge gestochen, als du wegen der Bibliothek bei ihm warst?«

»Ganz recht.«

»Du wolltest also zu ihm und es holen.«

»Es ist viel komplizierter, aber so ungefähr ist es gewesen.«

»Es wird immer schwieriger, dich mir als Buchhändler vorzustellen, aber der Einbrecher nimmt allmählich Gestalt an. Allerdings kommst du mir mehr vor wie ein vorausplanender Kleptomane. Du hinterläßt in einer Wohnung deine Fingerabdrücke, nachdem du dich auch noch unter deinem richtigen Namen angemeldet hast, und dann gehst du hin, um was zu stehlen?«

»Hab ich behauptet, daß das meine größte Glanzleistung war?«

»Gut, daß dir wenigstens das klar ist. Aber um ehrlich zu sein, ich bezweifle, daß es eine Glanzleistung war, mich mit dem Fall zu betrauen. Ich bin ein ganz cleverer Anwalt, aber ich hab nur beschränkte Erfahrung mit Strafsachen. Für den Kerl, der in Green Haven sitzt, hab ich wohl auch nicht allzuviel getan. Allerdings hat der zwei Leute erstochen, und ich dachte, wir können alle besser schlafen, wenn der seine Runden im Gefängnis dreht. Du brauchst wahrscheinlich einen ausgebufften Rechtsverdreher. Ich glaub nicht, daß ich für so was der Richtige bin.«

»Ich bin unschuldig, Wally.«

»Ich versteh nur nicht, warum du dorthin zurückgegangen bist.«

»Ich hielt das zu dem Zeitpunkt für eine gute Idee. Wally, ich hab letzte Nacht keine Sekunde geschlafen, und mehr als vier Meilen, allerhöchstens, bin ich noch nie gelaufen. Ich muß aufhören.«

»Wir können ja ein bißchen langsamer laufen.«

Ich stöhnte und trabte gottergeben weiter. »Wieso ist mein zweiter Besuch eigentlich so wichtig? Ich hätte doch dieselben

Schwierigkeiten, wenn ich nicht noch einmal dort gewesen wäre. Meine Fingerabdrücke, mein Name, das stammt alles von meinem offiziellen Besuch bei Onderdonk. Und wenn die Tatzeit stimmt, dann ist der zweite Besuch absolut unerheblich.«

»Er untergräbt aber deine Glaubwürdigkeit vor Gericht.«

»Oh.«

»Bernie, du warst gestern über acht Stunden in dieser Wohnung. Das ist etwas, was nicht in meinen Schädel will. Du hast acht Stunden mit einem toten Mann in einem Apartment verbracht, und dann behauptest du, du hättest nicht einmal gewußt, daß er tot war. Ist er dir nicht ein wenig einsilbig vorgekommen?«

»Ich hab ihn überhaupt nicht gesehen, Wally. Ray Kirschmann sagte, er sei im Schlafzimmerschrank gefunden worden. Ich hab in alle Zimmer gesehen, aber nicht in die Schränke.«

»Was hast du bei ihm gestohlen?«

»Nichts.«

»Bernie, ich bin dein Anwalt.«

»Und ich dachte, du wärst mein Trainer. Macht nichts, selbst wenn du mein Beichtvater wärst, die Antwort bliebe dieselbe. Ich habe in Onderdonks Apartment nicht das geringste gestohlen.«

»Du hattest aber die Absicht.«

»Richtig.«

»Und darum bist du mit leeren Taschen wieder abgezogen. Warum?«

»Das, was ich klauen wollte, war nicht mehr da. Da muß einer schneller gewesen sein als ich.«

»Also du machtest kehrt und gingst nach Hause?«

»Richtig.«

»Und das hat acht Stunden gedauert? Lief was im Fernsehen, was du nicht versäumen wolltest, oder hast du dich noch durch seine Bibliothek hindurchgelesen?«

»Ich wollte das Gebäude nicht vor dem nächsten Schichtwechsel verlassen. Aber ich hab die acht Stunden nicht in Onderdonks Wohnung verbracht. Ich hab mich bis nach Mitternacht in einem anderen Apartment aufgehalten.«

»Es gibt also Dinge, die du mir nicht erzählen willst.«

»Ein paar vielleicht.«
»Nun, das ist schon okay, denk ich. Aber du hast mich auch nicht direkt angelogen, oder?«
»Lieber Himmel, nein.«
»Du weißt auch nicht, wer es getan haben könnte?«
»Nein.«
»Auch keine Vermutung?«
»Nein, keine Ahnung.«
»Läufst du noch 'ne Runde mit, Bernie?«
»Willst du mich umbringen?«
»Na gut, dann seh ich dich später.«

12

»Sie muß ihn getötet haben. Hab ich recht?«
»Wen meinst du, Carolyn? Andrea?«
»Wen sonst. Das könnte doch der Grund für ihre Angst gewesen sein, als du aufgekreuzt bist. Sie fürchtete, daß du das Skelett in ihrem Schrank finden könntest. Na ja, es war nicht ihr Schrank, und der Ärmste war auch noch kein Skelett, aber du weißt schon –«
»Du glaubst, sie hat ihn überwältigt, gefesselt und erschlagen? Sie ist doch nur ein Mädchen.«
»Das ist mal wieder typisch Mann, du chauvinistisches Scheusal.«
»Ich meine, was die physische Kraft angeht. Vielleicht könnte sie ihn tatsächlich niederschlagen, aber der Schlag müßte ihn auch getötet haben. Und dann mußte der Tote noch in den Schrank gezerrt werden. Das kann ich mir beim besten Willen nicht vorstellen. Vielleicht wollte sie wirklich nur ihre Briefe holen, wie sie sagte.«
»Glaubst du das?«
»Nicht so recht. Aber ich bin bereit zu glauben, daß sie dort etwas gesucht hat.«
»Den Mondrian.«
»Und dann hat sie ihn vor meinen Augen hinausgeschmuggelt, womöglich in den Hohlräumen ihres Körpers verborgen, wie?«

»Sehr unwahrscheinlich, sonst hättest du ihn todsicher gefunden.«

Ich warf ihr einen empörten Blick zu. Es war Freitag morgen, und wenn ich mich schon nicht gerade fabrikneu fühlte, dann doch zumindest wie ein guterhaltenes Exemplar aus zweiter Hand. Ich hatte Wally Hemphill im Park zurückgelassen und war schnurstracks nach Hause geeilt. Nach einer warmen Dusche und einem heißen Whisky verriegelte ich die Wohnungstür, hängte das Telefon aus und sank für zehn Stunden in die Falle.

Schon am frühen Morgen fuhr ich in meinen Laden, rief mehrmals bei Carolyn in ihrer Poodle Factory an, erreichte sie endlich und verabredete mich mit ihr in ihrem Geschäft. Ich zog die Ladentür nur ins Schloß und kaufte gegenüber zwei Becher Kaffee, die ich vorsichtig zu Carolyns Hundesalon jonglierte.

Sie fummelte gerade an einem Lammhund herum, als ich ankam. Ich hielt den Hund erst für einen Pudel, aber Carolyn klärte mich erschöpfend über die gravierenden Unterschiede auf. Als sie zwischen zwei Sätzen kurz Atem holte, gelang es mir endlich, sie über den Stand der Dinge zu unterrichten. Ich erzählte ihr, was in Onderdonks Apartment passiert war und wie meine Unterredung mit Wally Hemphill verlaufen war.

»Wie sieht's aus, Bernie? Steckst du sehr tief in der Scheiße?«
»Na ja, sagen wir mal, bis zur Brust, mit steigender Tendenz.«
»Es ist meine Schuld.«
»Wie meinst du das?«
»Es geht doch um meine Katze, oder nicht?«
»Sie haben Archie nur gekidnappt, um an mich ranzukommen, Carolyn. Wenn du keine Katze gehabt hättest, dann hätten sie 'ne andere Möglichkeit gefunden, mich unter Druck zu setzen. Die würden sonst was tun, um dieses Bild aus dem Hewlett-Museum in die Finger zu kriegen. Du hast mich gefragt, ob Andrea Onderdonk getötet haben könnte. Das war auch mein erster Gedanke, aber das paßt zeitlich einfach nicht. Als ungefähre Tatzeit kommt, falls der Gerichtsmediziner bei Trost ist, nur die Zeit in Frage, die ich in Applings Apartment mit dem Aussortieren der Briefmarken verbrachte.«

»Onderdonk war allein, als du von ihm weggingst?«
»Soweit ich weiß, ja.«

»Dann muß ihn noch jemand besucht haben. Hat ihm den Schädel eingeschlagen, ihn im Schrank versteckt und das Gemälde gestohlen.«

»Vermutlich war's so.«

»Ist das nicht höchst eigentümlich, daß jemand zufällig einen Mord begeht und ein Gemälde klaut, während wir ein Bild vom selben Künstler stehlen sollen, um meine Katze zu retten.«

»Dieser Zufall ist mir auch schon sauer aufgestoßen.«

»Hmm. Sag mal, wo hast du denn den Kaffee her?«

»Tja, aus der Pinte nebenan – schmeckt nicht so besonders, wie?«

»Das ist keine Frage von gut oder schlecht. Ich wüßte nur gern, was die statt Kaffee reingetan haben. Bern, sag mal, warum haben sie Onderdonk gefesselt und in den Schrank gestopft? Nehmen wir an, sie haben ihn umgebracht, um an das Bild ranzukommen –«

»Das ist aber ziemlich unsinnig, denn es sah nicht so aus, als hätte noch etwas anderes gefehlt. Die Kunstwerke, die noch da sind, wären allein schon ein Vermögen wert, ganz abgesehen von dem übrigen Kram. Ich hatte nicht den Eindruck, daß die Wohnung durchsucht worden war.«

»Vielleicht brauchte jemand den Mondrian für einen bestimmten Zweck.«

»Zum Beispiel?«

»Na ja, als Lösegeld für eine Katze zum Beispiel.«

»Daran hab ich noch gar nicht gedacht.«

»Aber seltsam ist die Tatsache, daß sie ihn gefesselt und in den Schrank gesteckt haben. Wozu? Um zu verhindern, daß die Leiche entdeckt wird? Das gibt doch keinen Sinn, oder? Wußte deine Andrea, daß er dort war?«

»Vielleicht, keine Ahnung.«

»Dann wär sie ganz hübsch kaltschnäuzig, nicht? Im Wandschrank liegt eine Leiche, und dann taucht auch noch ein Einbrecher auf – und was tut sie? Sie kugelt mit letzterem auf einem Orientteppich herum.«

»Es war ein Aubusson.«

»Geschenkt. Was machen wir jetzt, Bern? Wohin gehen wir?«

»Ich weiß es nicht.«

»Der Polizei hast du von Andrea nichts erzählt, nehm ich an?«
»Ich hab ihr überhaupt nichts erzählt. Außerdem könnte mir Andrea auch kein Alibi geben. Vielleicht sollte ich es mit dem Geständnis versuchen, daß ich zur Zeit des Mordes in Applings Apartment Briefmarken gestohlen habe. Aber was würde mir das bringen? Sie hätten mich lediglich wegen eines weiteren Delikts am Kragen. Selbst wenn ich ihnen die Briefmarken vorlege, könnten sie immer noch sagen, ich hätte Onderdonk vor oder nach dem Einbruch umgelegt. Und im übrigen weiß ich von Andrea weder den Nachnamen noch die Adresse.«
»Glaubst du, daß sie Andrea heißt?«
»Vielleicht heißt sie so, vielleicht auch nicht.«
»Du könntest 'ne Anzeige in der *Voice* aufgeben.«
»Könnte ich, ja.«
»Was ist nur los mit dir?«
»Oh, ich weiß nicht recht. Ich, na ja, ich mochte sie, irgendwie.«
»Was du nicht sagst. Hatte auch nicht angenommen, daß du dich mit jemand auf dem Teppich vergnügst, den du nicht riechen kannst.«
»Ja, also, es ist so, ich hatte gedacht, ich könnte sie vielleicht wiedersehen. Natürlich, sie ist eine verheiratete Frau, da hat so was keine Zukunft, aber ich –«
»Du hast ja Frühlingsgefühle.«
»Ja, sieht so aus, Carolyn.«
»Das ist doch nicht so schlimm.«
»Nein?«
»Natürlich nicht, ich hab ja auch welche. Ich war gestern mit Alison verabredet. Dann sagte ich ihr, daß ich auf ein dringendes Telefongespräch warte und wir deshalb besser zu mir gingen. Das Gespräch kam nicht, aber wir saßen ganz gemütlich zusammen, hörten Musik und quatschten.«
»Hast du erreicht, was du wolltest?«
»Bern, ich hab's nicht mal versucht. Es war so schön friedlich und behaglich. Du weißt ja, wie widerspenstig Ubi sein kann, noch dazu jetzt, wo Archie weg ist. Aber sogar der schnurrte ganz zufrieden in Alisons Schoß. Ich hab ihr übrigens die Sache mit Archie erzählt.«

»Daß er weg ist?«
»Daß er entführt wurde, und alles andere. Ich konnte nicht anders, Bernie, ich mußte einfach darüber reden.«
»Ist schon okay.«
»Du und Andrea, ich und Alison.«
»Andrea ist ungefähr einssiebenundsechzig groß, schlank, schmal um die Taille. Sie hat schulterlanges, dunkles Haar, das zu zwei Schwänzchen zusammengebunden war.«
»Alison ist auch schlank, aber nicht so groß. Vielleicht einssechzig. Sie hat kurzgeschnittenes hellbraunes Haar und benutzt weder Lippenstift noch Nagellack.«
»Das darf sie auch nicht als politische und ökonomische Lesbe. Andrea hatte die Nägel lackiert. Wie's mit dem Lippenstift war, weiß ich nicht.«
»Warum vergleichen wir eigentlich die Steckbriefe unserer Eroberungen, Bern?«
»Ich hatte da so eine verrückte Idee, und ich wollte sichergehen, daß sie wirklich verrückt ist.«
»Du dachtest, Alison und Andrea wären identisch?«
»Ich sagte doch, daß es eine verrückte Idee war.«
»Du willst einfach nicht zugeben, daß du auf einmal romantische Gefühle hast. Du hattest schon lange keine Liebesaffäre mehr.«
»Mag sein.«

13

Als ich nach meinem Plausch mit Carolyn zu meinem Laden zürückkehrte, hörte ich drinnen das Telefon klingeln. Bis ich das Schloß geöffnet hatte, war das Klingeln verstummt. Einen Moment stutzte ich, weil die Tür verriegelt gewesen war, dabei hätte ich schwören können, daß ich sie beim Weggehen nur ins Schloß hatte fallen lassen. Jedenfalls war die Geduld des Anrufers erlahmt, bevor ich den Hörer abnehmen konnte. Ich fluchte und hob eine Dollarnote vom Boden auf. Es hing ein Zettel dran mit der frohen Botschaft, daß das die Bezahlung für drei Bücher vom Wühltisch sei. So was gibt's auch noch. Es klingelte wieder.

»Barnegat Books, guten Morgen.«

Eine mir unbekannte schroffe männliche Stimme tönte aus dem Hörer: »Ich will das Bild haben.«

»Aber wir sind eine Buchhandlung.«

»Keine Mätzchen, bitte. Sie haben den Mondrian, und ich will ihn haben. Ich zahl Ihnen einen fairen Preis.«

»Das glaub ich Ihnen. Es ist nur so, daß ich das Bild gar nicht habe.«

»Mann, tun Sie sich selbst einen Gefallen. Verkaufen Sie das Gemälde nicht, ohne mein Angebot gehört zu haben.«

»Klingt vernünftig, aber ich hab keine Ahnung, wie ich Sie gegebenfalls erreichen könnte. Ich weiß nicht mal, wer Sie sind.«

»Aber ich weiß, wer *Sie* sind und wie ich *Sie* erreichen kann.«

Sollte das eine Drohung gewesen sein? Ich suchte krampfhaft nach einem Hinweis auf die Identität des Anrufers. Ich war so in meine Überlegungen versunken, daß ich gar nicht bemerkte, daß eine Frau den Laden betreten hatte. Ich nahm sie erst wahr, als sie vor mir stand.

Sie war zart wie ein Vögelchen, mit großen braunen Augen und kurzem braunen Haar. Ich erkannte sie sofort, wußte allerdings nicht recht, wo ich sie einordnen sollte. Sie hatte ein großformatiges Kunstbuch in der einen Hand und legte die andere auf den Ladentisch. »Euklid – nur er hat reine Schönheit je gesehn...«, deklamierte sie. Die Stimme – wo hatte ich diese Stimme schon gehört? Da fiel es mir ein. Der Gedichtband von Mary Carolyn Davies, diese Stimme hatte mir daraus vorgelesen.

»Das ist aber nicht von Mary Carolyn Davies, was Sie da gerade zitieren.«

»In der Tat, nein, es ist von Edna St. Vincent Millay. Mir sind die Worte eingefallen, als ich das hier sah.«

Sie legte das Buch auf den Ladentisch. Es war ein Abriß der modernen Kunst, von den Impressionisten bis zu den Chaoten der Gegenwart. Aufgeschlagen war eine Bildtafel, die ein geometrisch-abstraktes Gemälde zeigte. Vertikale und horizontale schwarze Linien, die eine weißliche Leinwand in Quadrate und Rechtecke aufteilten, die wiederum mit Primärfarben bemalt wurden.

»Die absolute Schönheit reiner Geometrie. Oder vielleicht ist es auch die reine Schönheit absoluter Geometrie. Rechte Winkel und Primärfarben.«

»Ein Mondrian, hab ich recht?«

»Piet Mondrian. Wissen Sie viel über sein Leben und seine Werke, Mr. Rhodenbarr?«

»Ich weiß, daß er Holländer war.«

»Das war er. Achtzehnhundertzweiundsiebzig in Amersfoort geboren. Er begann, wie Sie sich vielleicht erinnern, als Maler naturalistischer Landschaften. Erst danach fand er seinen Stil, wurde wirklich zum Künstler. Seine Arbeiten wurden dabei immer abstrakter. Für Mondrian war der rechte Winkel, horizontale und vertikale Linien, eine Art Glaubensbekenntnis.«

Ihre Vorlesung über Mondrian war noch nicht zu Ende. Sein gesamter Lebensweg wurde kostenlos vor mir ausgebreitet. Ich war beeindruckt von ihrem Wissen.

»Sie kennen den alten Knaben aber sehr genau.«

Sie rückte überflüssigerweise ihren Hut zurecht. Ihre Augen fixierten einen Punkt hinter meiner linken Schulter.

»Als ich ein kleines Mädchen war, besuchten wir jeden Sonntag meine Großeltern. Ich lebte damals mit meinen Eltern in einem Haus in White Plains. Meine Großeltern aber hatten eine riesige Wohnung in der Stadt, am Riverside Drive, mit einem phantastischen Blick auf den Hudson River. Piet Mondrian hatte dort logiert, als er neunzehnhundertvierzig in New York angekommen war. Eines seiner Gemälde, ein Geschenk für meine Großeltern, hing über der Anrichte im Eßzimmer.«

»Ah, ich verstehe.«

»Wir hatten immer dieselbe Sitzordnung.« Sie schloß die Augen. »Ich sehe jetzt den Eßtisch vor mir. Mein Großvater sitzt an einem Ende, die Großmutter am anderen, nahe der Küchentür. Mein Onkel, die Tante und mein jüngerer Cousin auf der einen Seite, meine Eltern und ich ihnen gegenüber. Alles, was ich tun konnte, war, auf die Wand hinter meiner Cousine zu starren und den Mondrian zu betrachten. An jedem Sonntagabend, während nahezu meiner ganzen Kindheit.«

»Verstehe.«

»Man könnte meinen, ich hätte das mittlerweile vergessen, nachdem ich den Maler nicht mal persönlich gekannt habe. Er starb ja schon vor meiner Geburt. Aber irgendwie hat mich dieses Bild auf eine ganz besondere Weise geprägt. Später, im Zeichenunterricht, versuchte ich immer Geometrisch-Abstraktes zu produzieren. Ich wollte ein neuer Mondrian sein.«

»Seine Bilder sehen auch nicht so aus, als wären sie besonders schwer nachzuahmen.«

»Aber er war der, der sie erdacht hat.«

»Ja, natürlich, aber –«

»Und seine Einfachheit trügt. Die Proportionen sind nahezu perfekt, verstehen Sie?«

»Hmm.«

»Ich selbst hatte leider keinerlei künstlerisches Talent. Ich konnte nicht mal halbwegs brauchbar kopieren. Ich hab auch keine echten künstlerischen Ambitionen.« Sie warf den Kopf zurück und suchte meine Augen. »Das Bild sollte mir gehören, Mr. Rhodenbarr.«

»Oh?«

»Mein Großvater hatte es mir versprochen. Er war nie ein wohlhabender Mann gewesen. Er und meine Großmutter lebten zwar ganz angenehm, aber sie horteten keine Reichtümer. Ich glaub nicht, daß er sich über den Wert des Mondrian auch nur annähernd im klaren war. Er kannte zwar den künstlerischen Wert, aber er wußte bestimmt nicht, wieviel das Bild einbringen würde. Für ihn war es nie etwas anderes als das in Ehren zu haltende Geschenk eines teuren Freundes. Er sagte immer, ich würde das Bild einmal erben.«

»Und Sie haben es nicht geerbt?«

»Meine Großmutter starb zuerst. Meine Eltern wollten meinen Großvater zu sich holen, aber er wollte in seiner Wohnung bleiben. Sein einziges Zugeständnis war, daß er sich eine Haushälterin nahm. Aber er ist nie über den Tod meiner Großmutter hinweggekommen. Er folgte ihr innerhalb eines Jahres.«

»Und das Gemälde?«

»Verschwand.«

»Hat es sich die Haushälterin unter den Nagel gerissen?«

»Das war eine Theorie. Mein Vater aber glaubte, mein Onkel habe das Bild genommen. Onkel Bill dachte dasselbe von meinem Vater. Alle anderen verdächtigten die Haushälterin. Es wurde zwar immer von einer Anzeige geredet, aber niemand hat was unternommen. Da auch noch andere Gegenstände fehlten, einigte man sich seinerzeit darauf, daß wohl Einbrecher am Werk gewesen seien.«

»Wurde das Bild nie wiederentdeckt?«

»Nein.«

»Aha.«

»Die Zeit verging. Mein Vater starb. Meine Mutter heiratete wieder und zog ans andere Ende des Landes. Mondrian blieb mein Lieblingsmaler, Mr. Rhodenbarr, und wann immer ich eines seiner Werke sah, fühlte ich eine starke Anziehung. Und es nagte an mir, daß ich *meinen* Mondrian nicht mehr haben konnte, das Bild, das mir gehören sollte.« Sie richtete sich auf. »Vor Zwei Jahren gab es eine Mondrian-Ausstellung in der Vermillion-Galerie. Natürlich ging ich hin. Ich wanderte von einem Bild zum anderen, atemlos, wie immer, wenn ich mich Mondrians Werken gegenübersehe. Da blieb mir auf einmal fast das Herz stehen. Da war *mein* Bild, Mr. Rhodenbarr, *mein* Mondrian.«

»Oh.«

»Ich war völlig aufgelöst. Es war wirklich und wahrhaftig mein Bild. Ich hätte es überall erkannt.«

»Natürlich hatten Sie es zehn Jahre nicht gesehen, und Mondrians Werke sind sich alle auf gewisse Weise ähnlich. Das ist nicht negativ gemeint, aber –«

»Es war mein Bild.«

»Wenn Sie's sagen.«

»Ich saß dem Bild doch jahrelang, Sonntag für Sonntag gegenüber. Ich starrte es an, während ich in meinen grünen Erbsen und dem Kartoffelbrei herumstocherte. Ich –«

»Wie ist Ihr Bild in die Vermillion-Galerie gekommen?«

»Als Leihgabe.«

»Eines Museums?«

»Einer Privatsammlung, Mr. Rhodenbarr. Aber das interessiert mich nicht. Ich will das Bild einfach haben. Es gehört mir. Seit der Ausstellung bin ich wie besessen. Ich muß das Gemälde haben.«

Was war nur an diesem Mondrian, daß er Verrückte derart

anzog? Der Katzenentführer, der Mann am Telefon, Onderdonk, Onderdonks Mörder und jetzt diese junge Dame. Wer war sie überhaupt?

»Weil wir uns gerade so nett unterhalten, wer sind Sie eigentlich?«

»Haben Sie nicht zugehört? Mein Großvater –«
»Sie haben nie Ihren Namen erwähnt.«
»Oh, mein Name.« Sie zögerte einen Moment.
»Ich heiße Elspeth. Elspeth Peters.«
»Hübscher Name.«
»Vielen Dank. Ich –«
»Vermutlich, Miss Peters, denken Sie, ich hätte Ihrem Großvater seinerzeit dieses Gemälde gestohlen. Das kann ich auch irgendwie verstehen. Sie haben bei mir ein Buch gekauft und hörten später, daß ich noch einen zweiten, weniger ehrenwerten Beruf habe. So kam es möglicherweise zu einer solchen Gedankenverbindung. Das ist nur –«
»Ich denke nicht, daß Sie das Bild damals gestohlen haben.«
»Nein?«
»Wieso, haben Sie's denn gestohlen?«
»Nein, aber –«
»Sie wären damals auch noch ein verdammt junger Einbrecher gewesen. Außerdem hat das Bild, meinen Informationsquellen nach, tatsächlich mein Vater geklaut, nicht Onkel Billy. Aber wie auch immer, das Bild ist offenbar verkauft worden. Und wissen Sie, an wen?«
»Ich habe nur eine sehr kühne Vermutung.«
»Die wäre?«
»J. McLendon Barlow.«
Das war ihr neu. Sie starrte mich an. Ich wiederholte den Namen, aber er schien ihr nichts zu bedeuten. »Das war der Mann, der das Bild der Vermillion-Galerie zur Verfügung gestellt hat. Später wurde es dann der Hewlett-Sammlung gestiftet. Erinnern Sie sich nicht, Miss Peters?«
»Ich weiß nicht, wovon Sie sprechen. Das Gemälde – mein Gemälde – war eine Leihgabe aus der Privatsammlung eines gewissen Mr. Gordon Kyle Onderdonk.«
»Oh.«

»Und ich hab die Zeitungen gelesen, Mr. Rhodenbarr. Ihre sogenannte kriminelle Vergangenheit scheint mit dem Eintritt ins Buchhändlerdasein nicht beendet gewesen zu sein. Wenn die Presse nicht lügt, dann hat man Sie wegen des Mordes an Onderdonk festgenommen.«

»Das ist, rein technisch betrachtet, durchaus korrekt.«

»Und nun sind Sie gegen Kaution auf freien Fuß gesetzt worden?«

»Mehr oder weniger.«

»Und Sie haben das Bild aus seiner Wohnung gestohlen. Mein Bild, meinen Mondrian.«

»Jeder scheint das zu denken, aber es stimmt nicht. Das Bild ist weg, soweit haben Sie recht, aber ich habe es nie angerührt. Es ist eine Art Wanderausstellung geplant, und Onderdonk wollte sein Bild dafür zur Verfügung stellen. Es sollte dafür neu gerahmt werden.«

»So was hätte er nie gemacht.«

»Hätte er nicht?«

»Die Verantwortlichen für die Ausstellung hätten das veranlaßt, wenn nötig. Ich bin sicher, daß Sie das Bild haben.«

»Es war nicht mehr da, als ich hinkam.«

»Das ist schwer zu glauben.«

»Ich konnte es auch kaum glauben, Miss Peters. Es fällt mir immer noch schwer, aber ich war dort, und ich hab's gesehen – genauer gesagt, nicht gesehen. Da war nicht mehr als ein heller Fleck an der Wand, wo einmal das Bild gehangen hat.«

»Und Onderdonk hat Ihnen das von der Ausstellung erzählt?«

»Ich hab ihn nicht gefragt. Er war tot.«

»Sie haben ihn umgebracht, bevor Sie bemerkten, daß das Bild nicht mehr da war?«

»Ich kam nicht dazu, ihn umzubringen. Jemand war schneller als ich. Ich wußte auch nicht, daß er tot war, er lag nämlich im Wandschrank.«

»Dann hat ihn jemand anders getötet.«

»Für Selbstmord würd ich's jedenfalls nicht halten. Und wenn, dann wär's der schlimmste Selbstmord, von dem ich je gehört habe.«

Auf ihrer Stirn erschienen tiefe Denkfalten.

»Wer immer ihn umgebracht hat, der hat auch das Bild genommen.«

»Könnte sein.«

»Wer hat ihn getötet?«

»Keine Ahnung.«

»Die Polizei glaubt, Sie waren es.«

»Die weiß ziemlich genau, daß ich es nicht war. Der Ermittlungsbeamte kennt mich seit Jahren. Er weiß, daß ich niemanden töte. Aber man kann beweisen, daß ich in der Wohnung war. Das genügt, um mich verdächtig zu machen, solange sie den wirklichen Täter nicht haben.«

»Sie wollen also den Mörder finden?«

»Ja, ich halt zumindest die Augen offen.«

»Wenn Sie den Mörder haben, haben Sie auch das Bild.«

»Vielleicht, vielleicht auch nicht.«

»Wenn Sie das Gemälde finden, dann will ich es haben.«

»Nun – «

»Rechtmäßig gehört es mir, das ist Ihnen hoffentlich klar. Und ich werd's kriegen.«

»Sie meinen, ich soll es Ihnen einfach so in die Hand drükken?«

»Das wär das Klügste, was Sie tun könnten.«

Ich starrte dieses zerbrechliche Geschöpf an. »Gütiger Himmel, soll das eine Drohung sein?«

Sie wandte ihre Augen nicht ab, diese riesigen Augen. »Ich hätte Onderdonk getötet, um das Bild in meinen Besitz zu bekommen.«

»Sie sind wirklich besessen.«

»Ich bin mir dessen bewußt.«

»Haben Sie nie an eine psychiatrische Behandlung gedacht? Besessenheit trübt den Blick, wissen Sie?«

»Sobald der Mondrian in meinem Besitz ist, wird auch die Besessenheit weichen.«

»Aha.«

»Ich könnte Ihnen eine gute Freundin sein, Mr. Rhodenbarr, aber auch eine gefährliche Feindin.«

»Nehmen wir mal an, ich hätte das Bild –«

»Heißt das, Sie haben es schon?«

»Nein, es heißt nur das, was ich gesagt habe. Also, falls ich es bekäme, wie könnte ich Sie erreichen?«

Sie zögerte, dann öffnete sie ihre Tasche und nahm einen Stift und einen Umschlag heraus. Sie riß ein kleines Stück Papier ab und kritzelte eine Nummer darauf. Darunter schrieb sie »E. Peters«. Dann schob sie mir den Zettel zu. Im Hintergrund bimmelte die Ladenglocke. Carolyn fegte zur Tür herein.

»Verdammt, Bern, ich hab schon wieder einen Anruf bekommen, und da dacht ich mir –« Elspeth Peters drehte sich um und stand Carolyn einen Moment gegenüber. Die beiden Frauen sahen sich an, dann verließ Miss Peters das Geschäft.

14

»Verlieb dich nicht in sie, Carolyn, die hat schon eine Leidenschaft.«

»Wovon sprichst du?«

»Davon, wie du sie angestarrt hast. Sah aus, als wolltest du sie auf der Stelle vernaschen. Ist ja auch ganz verständlich, aber –«

»Ich hab sie im ersten Augenblick für jemand anderen gehalten.«

»So?«

»Ja, ich dachte, es wäre Alison.«

»Und, war sie's?«

»Nein, natürlich nicht, sonst hätt ich sie doch begrüßt.«

»Bist du sicher?«

»Gewiß doch, warum?«

»Weil sie sagte, sie heiße Elspeth Peters, und das glaube ich nicht. Und außerdem hat sie mit der Mondriansache zu tun.«

»Ah, ja? Alison hat nichts damit zu tun, wenn du dich gütigst erinnern möchtest. Alison hat mit mir zu tun.«

»Richtig.«

»Es besteht eine starke Ähnlichkeit zwischen den beiden, das ist aber auch alles. Was hat sie mit der Sache zu tun?«

»Sie hält sich für die rechtmäßige Eigentümerin des Gemäldes.«

»Vielleicht hat sie die Katze gestohlen?«
»Nein, ich meine nicht dieses Bild, sondern das von Onderdonk.«
»Also, weißt du, es sind einfach zu viele Gemälde im Spiel.«
»Du sagst was von einem Anruf.«
»Ach ja, richtig.«
»Nun, die Peters kann's nicht gewesen sein, sie war ja hier bei mir.«
»Das stimmt.«
»Was war mit dem Anruf bei dir?«
»Sie hat mich etwas beruhigt. Sie sagte, daß der Katze kein Haar gekrümmt würde, solange ich mich kooperativ zeigte. Sie hätte auch nicht die Absicht, der Katze ein Ohr oder ein Bein abzuschneiden. Weiterhin gab sie zu, daß es sicher nicht einfach sei, an das Bild ranzukommen, aber wir beide würden es bestimmt schaffen.«
»Das klingt ja ungeheuer beruhigend.«
»Bernie, es hat seine Wirkung nicht verfehlt. Ich fühle mich tatsächlich etwas besser, was Archie anbelangt. Es hat mir auch gutgetan, daß ich mit Alison darüber gesprochen habe. Ich weiß jetzt, daß der Katze nichts Schlimmes passiert und –«
Ich hatte das Klingeln der Ladentür kaum wahrgenommen. Als ich aufblickte, sah ich ihn. Ich zischte Carolyn eine Warnung zu, und sie brach mitten im Satz ab, drehte sich um und erkannte den Störenfried. »Scheiße. Hallo, Ray.«
»Hallo, wenigstens weiß man in diesem Beruf, wo man Freunde hat. Hier sind zwei Menschen, die ich seit Jahren kenne, und ich brauch nur reinzukommen, dann macht der eine ›Pssst‹, und der andere sagt ›Scheiße‹. Was ist mit der Katze, Carolyn?«
»Nichts. Es geht eher darum, was mit Bernie passiert, wenn ein sogennannter guter Freund ihn verhaftet, sobald er in seine Nähe kommt.«
»Carolyn, willste dir nich' mal die Beine vertreten, die könnten's brauchen.«
»Ray, möchtest du mir dabei im Mondschein begegnen?«
»Du meine Güte, Bern, kannste ihr nicht mal beibringen, sich wie 'ne Dame zu benehmen?«
»Hab's versucht. Was willst du, Ray?«

»Drei Minuten Audienz. Privataudienz! Wenn sie unbedingt hier rumhängen muß, dann schlag ich vor, wir zwei gehen mal kurz nach hinten.«

»Nein *ich* geh, muß sowieso mal für kleine Mädchen.«

»Jetzt, wo du's sagst, fällt mir ein, daß ich auch längst müßte. Aber ich laß dir den Vortritt, Carolyn. Ich werd mich inzwischen mit Bern unterhalten, laß dir also Zeit.«

Er wartete, bis sie den Raum verlassen hatte. Dann deutete er auf das Buch, das Elspeth Peters auf den Tisch gelegt hatte.

»Gemälde, stimmt's?«

»Sehr gut, Ray.«

»Wie das, das du bei Onderdonk gemopst hast?«

»Wovon sprichst du?«

»Von dem Kerl namens Mondrian, der über dem Kaminsims hing. Versicherungssumme dreihundertfünfzigtausend Dollar.«

»Da muß 'ne alte Frau lang für stricken.«

»Nicht wahr? Soweit bekannt, ist es das einzige, was gestohlen wurde. Ziemlich großes Format, weißer Hintergrund, schwarze Linien kreuz und quer, 'n bißchen Farbe ab und an. Das war's.«

»Ich hab das Bild gesehen.«

»Ach nee, was du nicht sagst.«

»Als ich dort war, um die Bibliothek zu begutachten. Es hing über dem Kamin. Ich glaub, er sagte was von neu rahmen lassen.«

»Ja, 'nen neuen Rahmen wird's wohl brauchen.«

»Wieso?«

»Ich sag's dir, Bernie. Der Bilderrahmen lag zerbrochen im Wandschrank, neben Onderdonks Leiche. Und der Keilrahmen, an dem die Leinwand befestigt ist, wie man mir sagte, war auch da. Nur daß nichts mehr dran befestigt war.«

»Was war nicht befestigt?«

»Der Mondrian. Jemand hat die Leinwand einfach herausgeschnitten. Aber der Versicherungsmensch hat sofort erkannt, daß das der Rahmen von dem Kerl da war. Für mich war da gar nichts zu erkennen, außer ein paar schwarzen Streifen und Farbklecksen. Ich nehme an, du hast das Bild zusammengerollt und unter deinen Kleidern versteckt.«

»Ich hab's nie angerührt.«

»Du mußt es ziemlich eilig gehabt haben, daß du's einfach rausgeschnitten hast. Aber ich glaub nicht, daß du der Mörder bist, Bern. Hab drüber nachgedacht, ist nicht wahrscheinlich.«
»Danke.«
»Aber ich weiß, daß du dort warst und daß du das Bild geklaut haben mußt. Vielleicht bist du gestört worden und hast deshalb das Bild rausgeschnitten. Vielleicht hast du den Rahmen an der Wand hängen lassen und Onderdonk gefesselt in den Schrank gestopft. Und jemand anders hat dann den Rest erledigt.«
»Warum sollte dieser Jemand das getan haben?«
»Wer weiß schon, warum mancher manches tut? Dies ist eine verrückte Welt, mit verrückten Menschen.«
»Amen.«
»Also, wie's aussieht, hast du den Moondrain.«
»Mondrian, nicht Moondrain, Mon-dri-an.«
»Wo ist da der Unterschied? Ich könnte auch sagen Pablo Hurenbock Picasso, und wir beide wüßten doch, wovon ich spreche. Ich sag, du hast ihn, und wenn nicht, dann weißt du zumindest, wo du ihn holen kannst. Deshalb bin ich hier, an meinem Feierabend, wo ich doch vorm Fernseher sitzen und die Beine hochlegen könnte.«
»Wie kommt's?«
»Weil's ne Belohnung gibt. Die Versicherungsfritzen sind zwar alle knickrige Deibel, aber sie zahlen immerhin zehn Prozent. Und wieviel sind zehn Prozent von dreihundertfünfzigtausend Dollar?«
»Fünfunddreißigtausend Dollar.«
»Bernie! Der Buchhandel ist auf dem absteigenden Ast, aber als Buchhalter kriegst du jederzeit 'nen Job. Du brauchst doch ein paar Dollar, um die Mordanklage loszuwerden. Für den Rechtsanwalt und so. Zum Teufel, jeder braucht Geld, hab ich recht? Sonst würdest du auch nicht klauen gehen. Also, kurzum, du schaffst das Bild herbei, und ich seh zu, daß wir die Versicherung kassieren können. Dann teilen wir.«
»Wie teilen wir?«
»Bern, ich war doch nie geldgierig. Halbe-halbe, dann ist jeder zufrieden.«
»Aha.«

»Das sind siebzehntausendfünfhundert für jeden. Und mehr schlägst du sowieso nicht raus, mit all der Publicity, dem Mord und so weiter. Auch wenn du's für einen Auftraggeber gestohlen haben solltest, weißt du nicht, ob er dich nicht aufs Kreuz legt.«

»Du hast wirklich an alles gedacht.«

»Ein Mann muß eben an sich denken.« Er trippelte von einem Fuß auf den andern. »Sag mal, Bernie, was treibt die denn da drin?«

»Sie läßt einem menschlichen Rühren freien Lauf, nehm ich an.«

»Also, sie soll entweder kacken oder den Topf freigeben. Mein rückwärtiges Gebiß kann die Zähne schon nicht mehr zusammenbeißen. Äh, wo waren wir gerade? Ach ja, also wenn du das Bild weitergegeben hast, dann brauchst du's nur zurückzustehlen.«

»Von der Person, der ich's verkauft hab?«

»Na ja, wenn der Moondrain wieder da ist, dann wird der Mordfall wahrscheinlich von dem Diebstahl getrennt und dann werden sie den Mörder vielleicht woanders suchen.«

»Und die Hälfte von fünfunddreißigtausend Dollar würden in deine Tasche hopsen, Ray.«

»Und die andere Hälfte in die deine, vergiß das nicht. Was zum Teufel ist denn mit Carolyn passiert? Vielleicht seh ich besser mal nach, ob sie in die Schüssel gefallen ist.«

In diesem Augenblick stürzte mein bevorzugter Hundebarbier atemlos herein. Mit einer Hand zurrte sie ihren Gürtel fest, und mit der anderen machte sie eine abwehrende Bewegung in unsere Richtung.

»Bernie, es hat ein Unglück gegeben. Ray, geh da um Himmels willen nicht rein, denk nicht mal dran. Ich hab nur einen Tampon runtergespült, ich dachte, das wär okay, aber dann hat sich alles gestaut und ist wieder hochgekommen, und das Wasser hört nicht auf zu laufen, und jetzt läuft die Scheiße schon über den Fußboden. Ich hab versucht sauberzumachen, aber es ist noch schlimmer geworden. Bernie, kannst du mir helfen, ich hab Angst, der ganze Laden schwimmt gleich auf der –«

»Ich wollt sowieso grade gehen«, murmelte Ray. Sein Gesicht hatte einen grünlichen Schimmer, und er sah nicht besonders glücklich aus.

»Bernie, ich meld mich wieder bei dir.«

Ich wartete nicht, bis er den Laden verlassen hatte, sondern stürmte zur Toilette. Aber da war kein Wasser auf dem Boden. Weit und breit war nichts Ungewöhnliches zu sehen.

Allerdings saß ein Mann auf meiner Toilette.

Er sah nicht so aus, als würde er dort hingehören. Er war vollständig angezogen, trug Hosen aus Haifischhaut, eine grüne Jacke mit Schottenmuster, ein kastanienbraunes Hemd und abgelaufene, schwarzbraune Schuhe mit Flügelkappen. Sein schütteres Haar war rostrot, und von der Oberlippe hing ein ungepflegter roter Ziegenbart, den bereits reichlich graue Fäden durchzogen. Sein Kopf hing nach hinten, der Mund stand offen und gab den Blick auf nikotinverfärbte Zähne frei, denen noch nie die Aufmerksamkeit eines Dentisten zuteil geworden war. Auch seine unschuldig-blauen Augen waren offen.

»Ich will verdammt sein.«

»Du wußtest nicht, daß er da war?«

»Natürlich nicht.«

»Dacht ich mir schon. Erkennst du ihn?«

»Der Künstler, nicht wahr? Der mit den zehn Cent im Hewlett-Museum. Ich hab seinen Namen vergessen.«

»Turner.«

»Nein, das ist ein anderer Künstler, aber du liegst nicht schlecht. Der Kassierer nannte seinen Namen. Turnquist.«

»Genau, so hieß er, Bernie. Wo gehst du hin?«

»Ich will sehen, ob auch wirklich keiner im Laden ist. Dann sperr ich zu und häng das Schild ›Geschlossen‹ raus.«

»Und dann?«

»Weiß ich noch nicht.«

»Oh, Bernie?«

»Was?«

»Er ist tot, nicht?«

»Zweifelsohne. Viel toter wird man im allgemeinen nicht.«

»Das dachte ich mir, Bernie, ich glaub, mir wird schlecht.«

»Wenn's unbedingt sein muß. Aber könntest du vielleicht warten, bis ich den Gevatter hier vom Klo gezerrt hab?«

15

»Man kann die Dinger für fünfzig Dollar im Monat mieten, das sind weniger als zwei Dollar pro Tag. Ist doch nicht schlecht. Was kriegt man heute schon für zwei Dollar?«

»Frühstück, wenn man preisbewußt einkauft.«

»Oder 'n lausiges Trinkgeld. Es ist nur leider so, daß du das Ding mindestens für einen Monat mieten mußt. Jedenfalls mußt du eine Monatsmiete blechen, selbst wenn du die Karre nach einer halben Stunde zurückbringst.«

»Wieviel mußtest du dafür hinterlegen?«

»Hundert Dollar, plus die erste Monatsmiete. Also bin ich hundertfünfzig Dollar losgeworden. Aber die hundert kriegen wir wieder, wenn wir das Ding zurückgeben. Falls wir das tun.«

Wir blieben an einer Ecke der Sixth Avenue stehen und warteten auf das Grün der Ampel. Dann überquerten wir die Straßen, und Carolyn maulte auf der gegenüberliegenden Seite. »Sollten nicht an jeder Ecke abgeflachte Bordsteinkanten sein, wegen der Kinderwagen und der Rollstuhlfahrer?«

»Das fragst du mich an jeder Ecke.«

»Ja, weil mich das jedesmal wieder zur Weißglut treibt. Immer wenn wir dieses verdammte Ding über einen Abgrund hieven müssen, wird mir bewußt, was das für die Behinderten bedeutet. Zeig mir eine Petition, und ich werd sie unterschreiben. Zeig mir eine Demo, und ich werd mitmarschieren. Was ist daran so komisch?«

»Ich hab mir grade die Demo vorgestellt.«

»Du hast einen kranken Humor, Bernie, hilf mir lieber schieben, damit unser Freund hier nicht allzusehr gebeutelt wird.«

Aber unser Freund hätte sich ohnedies nicht beschweren können. Es handelte sich natürlich um den verblichenen Mr. Turnquist, und wir schoben ihn in einem Rollstuhl durchs Gelände. Den Rollstuhl hatten wir bei Pitterman gemietet, einem Fachgeschäft für Krankenhausbedarf. Bei Barnegat Books hatten wir dann Mr. Turnquist hineingepackt.

Als wir den Laden mit ihm verließen, sah er noch ganz natürlich aus, wesentlich besser als auf dem Thron in meiner stillen Klause. Mit Lederbändern und Decken hatten wir es ihm bequem gemacht. Eine Sonnenbrille verdeckte seine starren Augen, und eine Tweedmütze, die mal ein Besucher bei mir vergessen hatte, verhüllte notdürftig seinen Kopf. Ein Schal und ein paar Schnüre verhinderten, daß sein Kopf nach hinten fiel. So schlugen wir uns mit unserem sonderbaren Genossen nach Westen durch, ohne zu wissen, was nun geschehen sollte. Carolyn wetterte an jeder Kreuzung erneut über die Rücksichtslosigkeit gegenüber Behinderten.

»Was wir hier tun, einen Toten durch die Gegend zu karren, ist das nun Leichenschändung oder nur grober Unfug?«

»Keine Ahnung, jedenfalls ist es etwas, was man nicht tut.«

»Im Kino heißt es doch bei so 'nem Fall immer, man dürfe nichts anrühren.«

»Im Kino rühr ich auch nichts an. Aber auf jeden Fall muß man Leichen sofort der Polizei melden. Das hättest du ganz leicht tun können. Du hättest aus dem Klo kommen und Ray erzählen können, daß der Topf besetzt ist – von einer Leiche. Hättest nicht mal anrufen müssen.«

Carolyn zuckte mit den Schultern. »Ich dachte, Ray würde vielleicht 'ne Erklärung verlangen.«

»Sehr gut möglich.«

»Und ich dachte mir auch, daß das nicht so einfach sein dürfte.«

»Gut mitgedacht.«

»Wie ist er denn dort hingekommen, Bernie?«

»Keine Ahnung. Er fühlte sich noch ziemlich warm an, aber soviel Erfahrung mit Verblichenen hab ich auch wieder nicht, daß ich genau sagen könnte, wie lang sie zum Abkühlen brauchen. Er könnte noch dagewesen sein, als ich gestern das Geschäft zumachte. Wie du dich vielleicht erinnerst, wurde ich plötzlich verhaftet und hab mir nicht mehr die Zeit genommen, nach einem Kunden zu suchen, der sich zwischen den Regalen versteckt haben könnte. Möglicherweise hat er irgendwann die Toilette aufgesucht und sich auf den Thron gesetzt, ohne die Hosen runterzulassen. Dann ist er abgetreten von dieser Welt.«

»Herzschlag oder was in der Art?«

»Hmm.«

Der Rollstuhl holperte über eine Unebenheit, und unser Fahrgast kippte nach vorn, wobei die Sonnenbrille und die Kappe verrutschten. Carolyn bemühte sich, alles wieder in Ordnung zu bringen.

»Der wird uns verklagen.«

»Carolyn, mach keine Witze.«

»Ich kann's nicht lassen, ist wohl eine nervöse Reaktion. Glaubst du, daß man ihn umgebracht hat? Wer könnte das getan haben?«

»Weiß ich nicht.«

»Meinst du, er war nicht allein im Laden? Aber wie wäre der andere dann rausgekommen?«

»Ich weiß es nicht.«

»Vielleicht hat er Selbstmord begangen?«

»Warum nicht? Er war ein russischer Spion, mit einer Zyankalikapsel im hohlen Zahn. Als er wußte, daß er aufgeflogen war, brach er bei mir ein, setzte sich aufs Klo und verspeiste die Kapsel. Ist doch verständlich, daß er unbedingt zwischen Erstausgaben und alten Folianten sein Leben aushauchen wollte.«

»Also, wenn's keine Herzattacke war und kein Selbstmord, wenn ihn wirklich jemand umgebracht hat, wie hat er es gemacht? Hältst du's für möglich, daß du gestern zwei Leute im Laden übersehen und eingesperrt hast?«

»Nein.«

»Was dann?«

»Er könnte sich heut morgen reingeschlichen haben, als ich aufschloß. Vielleicht hab ich ihn da einfach übersehn. Oder als ich dir den Kaffee gebracht hab –«

»Die lausige Brühe.«

»Da könnte er aufs Klo gegangen und gestorben ein. Oder jemand anders könnte ihn ins Jenseits befördert haben. Vielleicht kam er allein und hat dann seinem Mörder die Tür geöffnet.«

»Oder der Mörder hat sich einsperren lassen und dann auf Turnquist gewartet, um ihn umzubringen. Könnte einer der beiden den anderen reingelassen haben, ohne einen Schlüssel zu benützen?«

»Kein Problem. Ich hab die Tür mit dem Springschloß gesichert, als ich den Kaffee holte. Moment mal. Als ich zurückkam, war die Tür abgesperrt. Das hat mich irgendwie irritiert. Mist.«

»Was ist?«

»Also, angenommen, Turnquist hat den Mörder eingelassen, der hat ihn umgebracht und aufs Töpfchen gesetzt – wie konnte der die Tür absperren?«

»Hast du hier keine Ersatzschlüssel rumliegen, die er vielleicht gefunden haben könnte?«

»Die müßte man schon gezielt suchen, und warum sollte er das tun? Zumal die Tür ursprünglich nicht verschlossen war.«

»Es ergibt keinen Sinn.«

»Wie alles andere auch – paß auf die Abflußrinne auf.«

»Mist.«

Nach einigen Flüchen überwanden wir auch dieses Hindernis und marschierten weiter westwärts. Irgendwo in Greenwich Village bremste ich unser Gefährt. Wir standen vor einer riesigen Baustelle.

»Meinst du, wir sollten's hier tun?«

»Dieser Platz ist so gut wie jeder andere. Hier liegt ein Brett auf den Stufen, da gibt's ne gute Rampe für den Rollstuhl.«

»Ich dachte, wir gehen weiter zum Morton Street Pier und befördern ihn samt Rollstuhl in den Hudson.«

»Carolyn –«

»Ist doch eine alte Tradition. Seemannsgrab und so –«

»Hilfst du mir?«

»Gewiß doch. Nichts, was ich lieber täte.«

»Carolyn, ich hatte dir angeboten, es allein zu tun.«

»Komm, mach dich nicht lächerlich. Ich bin nun mal dein Helfershelfer, nicht?«

»Sieht so aus.«

»Und in der Sache stecken wir beide drin. Es ist meine Katze, die uns da reingeritten hat. Bern, warum lassen wir ihn nicht einfach hier stehen? Die hundert Dollar kümmern mich einen Dreck.«

»Es ist nicht wegen des Geldes.«

»Sondern?«

»Wenn wir den Stuhl hierlassen, haben sie eine Spur, der sie nachgehen können. Sie würden sehr schnell bei dem Vermieter auftauchen.«

»Na wenn schon. Da haben sie dran zu beißen. Ich war immerhin so schlau, einen falschen Namen anzugeben und bar zu bezahlen.«

»Ich weiß nicht, wer Turnquist war oder was er mit dieser Mondriangeschichte zu tun hat, aber es muß irgendeine Verbindung geben. Wenn die Bullen das rauskriegen und sich von dem Rollstuhlvermieter eine Beschreibung geben lassen, bist du dran. Die holen sich dann den Burschen aufs Präsidium und lassen dich und ein paar Jungs von den Harlem Globetrotters über die Bühne marschieren. Und auf wen wird der Kerl dann mit dem Fingerchen zeigen? Was meinst du?«

»Solche Scherze kenn ich bloß von Ray, nicht von dir, Bernie.«
»Ich wollte dir nur die Sachlage vor Augen führen.«
»Das ist dir gelungen.«

Ich befreite unseren stummen Gefährten von seinen Haltegurten, nahm ihm Sonnenbrille, Mütze und Decke ab und streckte ihn dann auf einer halbwegs sauberen Stelle auf dem Boden aus.

»Hüpf rein, Carolyn, ich werd dich schieben.«
»Wie bitte?«
»Na ja, zwei Leute, die einen leeren Rollstuhl durch die Landschaft karren, müssen doch auffallen. Los, rein mit dir!«
»Steig lieber du ein.«
»Du wiegst weniger als ich, und –«
»Hör auf zu meckern. Du bist größer als ich, und du bist ein Mann. Wenn also einer von uns Turnquist spielen soll, dann muß die Wahl zwangsläufig auf dich fallen. Also, Bern, setz dich in den Stuhl und stülp dir die Mütze aufs Haupt. Und vergiß die Sonnenbrille nicht.«

16

In die Buchhandlung zurückgekehrt, durchsuchte ich die Örtlichkeiten zunächst einmal nach irgendwelchen Gestalten, seien sie nun tot oder lebendig. Ich fand nichts, auch keinen Hinweis darauf, wie Turnquist in meinen Laden gelangt war und wie es ihm gelungen sein könnte, sich zu seinen Vorfahren zu gesellen. Carolyn schob den Rollstuhl ins Hinterzimmer, und ich half ihr beim Zusammenlegen.

»Bernie, ich bring das Ding nachher per Taxi zurück, aber zuerst brauch ich einen Kaffee.«

»Ich hol welchen.«

»Aber nicht in der Spelunke von gestern!«

»Keine Angst.«

Als ich mit zwei Bechern zurückkam, erzählte mir Carolyn, daß das Telefon geklingelt, sie aber nicht abgenommen habe.

»Wahrscheinlich besser so.«

»Der Kaffee ist eine Wucht, verglichen mit dem gestrigen. Weißt du was, wir sollten uns eine Kaffeemaschine anschaffen. Allerdings würden wir dann Ray Kirschmann gar nicht mehr loswerden. War doch lustig, wie ich ihn ausgetrickst hab.«

»Der konnte gar nicht schnell genug aus dem Laden kommen, war ganz grün im Gesicht.«

»Das war auch der Sinn der Sache. Ich dachte, je abscheulicher ich ihm die Sauerei darstelle, um so schneller zieht er Leine. Ich wollte erst so lange draußen bleiben, bis er weg wäre, aber dann wurde mir klar, daß er nicht gehen würde, bevor er gepinkelt hatte.«

»Mir wär ja selbst bald schlecht geworden.«

Das Telefon schrillte. Wally Hemphill war am Apparat. »Bernie, wo steckst du bloß immer? Ich dachte schon, du wärst stiftengegangen.«

»Würd ich nie tun. Ich kenn ja kein Schwein in Costa Rica.«

»Ach, ein Bursche wie du findet überall Anschluß. Hör mal, was weißt du über diesen Mondrian?«

»Ich weiß, daß er Holländer war. Achtzehnhundertzweiundsiebzig in Amberfoot oder so ähnlich geboren. Er fing als naturalistischer Maler an, und –«

»Was ist das, 'ne Vorlesung in Kunstgeschichte? In der Wohnung Onderdonks wurde ein Bild gestohlen, das fast 'ne halbe Million Dollar wert sein soll.«

»Weiß ich.«

»Hast du es?«

»Nein.«

»Wer denn?«

»Wahrscheinlich der, der Onderdonk in die ewigen Jagdgründe geschickt hat.«

»Du hast niemanden getötet und nichts gestohlen?«
»Richtig.«
»Du warst nur dort, um deine Fingerabdrücke zu verteilen.«
»Ja, offensichtlich.«
»Spinner. Bernie, wohin gehst du jetzt?«
»Immer im Kreis rum.«

Ich legte auf und ging, mit Carolyn im Schlepptau, ins Hinterzimmer. Dort kramte ich aus einem Schrank ein T-Shirt und meine übrigen Jogging-Utensilien hervor und streifte mein Hemd ab.

»Hey, was treibst du da?«
»Ich zieh mich aus, merkt man das nicht?«

Carolyn beeilte sich, mir den Rücken zu kehren. »Allmächtiger, wenn das ein Annäherungsversuch sein soll, dann such ich sofort das Weite. Erstens bin ich lesbisch, zweitens sind wir alte Freunde, und drittens –«

»Mach dir keine falschen Hoffnungen, Carolyn. Ich dreh nur jetzt gleich ein paar Jogging-Runden.«

»Ach so, mit Wally?«

»Ohne Wally. Einmal um den Washington Square herum, und mein Hirn wird gleich lichter werden. Im Augenblick seh ich nichts als ein furchtbares Durcheinander. Alle möglichen Leute krauchen aus dem Unterholz und fragen mich nach einem Bild, das ich nie in der Hand hatte. Alle bestehen darauf, daß es sich in meinem Besitz befindet. Kirschmann riecht 'ne fette Belohnung, Wally riecht ein fettes Honorar, und was all die anderen riechen, weiß ich nicht. Ölfarbe, sehr wahrscheinlich. Vielleicht kann ich nach dem Lauf die losen Enden zusammenknüpfen und irgendeinen Sinn in dieser Geschichte erkennen.«

»Und ich, was tu ich inzwischen?«

»Du könntest den Rollstuhl zurückbringen.«

»Okay, das muß ich früher oder später ja doch tun, oder? Meinst du, es erkennt dich jemand wieder, wenn du um den Washington Square trabst? Jemand, der dich vorher im Rollstuhl sitzen sah, meine ich?«

»Hoffentlich nicht.«

»Hör zu, wenn dich einer doch daraufhin anspricht, sagst du einfach, du wärst in Lourdes gewesen...«

Ich packte meine Straßenkleidung und mein Handwerkszeug in einen Plastikbeutel und sauste zum Washington Square. Den Beutel gab ich einem der unermüdlichen Schachspieler, die dort in der Sonne saßen, in Verwahrung.

Während meiner Runden vergaß ich alles, was mit Mondrian und seinen Bildern zusammenhing. Ich setzte, ohne zu denken, einfach einen Fuß vor den anderen. Allmählich entspannte sich mein malträtiertes Gehirn. Ich holte meine Tüte ab und trabte westwärts zu Carolyns Behausung. Sie war nicht da, also verschaffte mir mit Hilfe meiner Spezialgerätschaften Zutritt. Dabei wunderte ich mich einmal mehr über den seltsamen Vogel, dem es gelungen sein sollte, Carolyns Tür zu öffnen, ohne auch nur die geringste Spur zu hinterlassen. Warum konnte er seine göttliche Begabung nicht dazu verwenden, selbst den Mondrian aus dem Hewlett-Museum zu klauen.

Ich zog mich aus und hüpfte unter die Dusche, was der eigentliche Anlaß für meinen Besuch war. Ich trocknete mich ab und zog meine Klamotten aus der Plastiktüte an, dann machte ich mich über den Inhalt des Kühlschranks her. Mit langem Gesicht mußte ich erkennen, daß kein Bier im Haus war. Notgedrungen rührte ich mir einen Eistee aus einem dubiosen Pulver. Es schmeckte genau so, wie man es erwarten durfte.

Als ich gerade in das zweite Sandwich biß, stieg direkt vor dem Apartmentfenster irgendein Idiot heftig auf die Bremse und hupte wie verrückt. Ubi sprang vor Schreck auf das Fensterbrett und steckte seinen Kopf zwischen den Gitterstäben durch. Er tat mir auf einmal sehr leid. Zwei Leute waren bereits ermordet worden, einen davon hatte man mir schon angehängt, beim zweiten würde es wohl auch darauf hinauslaufen, und ich dachte nur daran, wie vereinsamt sich Carolyns Katze fühlen mußte.

Ich blätterte im Telefonbuch und suchte eine Nummer heraus. Nach dem dritten Läuten meldete sich Denise Raphaelson.

»Hier ist Bernie, und dieses Gespräch hat nie stattgefunden.«

»Komisch, ich erinnere mich daran, als wär's gestern gewesen.«

»Was weißt du über einen Maler namens Turnquist?«

»Hast du deshalb angerufen? Nur um was über Turnquist zu erfahren?«

»Ja, so ist es. Er dürfte so um die sechzig sein, rötliches Haar und Ziegenbart, schlechte Zähne, Klamotten aus der Kleidersammlung, sehr von sich überzeugt.«

»Her mit ihm, den heirate ich vom Fleck weg.«

Denise war eine Weile meine Freundin gewesen, dann war sie ziemlich plötzlich Carolyns Freundin geworden. Aber das hat auch nicht lange gehalten. Sie ist Malerin, mit einem Atelier am westlichen Broadway. Dort wohnt und arbeitet sie.

»Also, dafür ist es ein bißchen zu spät.«

»Was ist mit ihm?«

»Das wirst du nicht wissen wollen. Kennst du ihn?«

»Glaub ich nicht. Turnquist... hat er auch einen Vornamen?«

»Sehr wahrscheinlich, wie die meisten Leute.«

»Turnquist – also, da klingelt überhaupt nichts bei mir. Was für eine Art Maler ist er denn?«

»Ein toter.«

»Hab ich befürchtet. Da befindet er sich in bester Gesellschaft. Rembrandt, El Greco, Giotto, Bosch – lauter Tote.«

»Wir haben dieses Gespräch nie geführt.«

»Welches Gespräch?«

Ich legte auf und suchte Turnquist im New Yorker Telefonbuch. Ich fand nur einen einzigen, einen Michael Turnquist. Allerdings wollte seine feine Adresse nicht zur Kleidung meines Turnquist passen. Aber, zum Teufel, ich versuchte es einfach. Gleich beim ersten Klingeln meldete sich jemand.

»Michael Turnquist?«

»Am Apparat.«

»Bedaure, ich muß wohl eine falsche Nummer gewählt haben.«

Ich griff noch einmal zum Telefon und wählte die Nummer neun-eins-eins. Der freundlichen Dame erzählte ich dann, daß auf einer Baustelle an der Washington Street ein Toter läge. Ich nannte ihr die genaue Anschrift und legte auf.

Ich hing gerade meinen Gedanken nach, als ein Schlüssel ins Schloß gesteckt wurde. Einen Augenblick überlegte ich, was ich täte, wenn das nicht Carolyn sondern der Katzendieb wäre, der nun vielleicht auch noch Ubi holen wollte. Ubi war aber vorsichtshalber verschwunden. Da ging auch schon die Tür auf, und ich sah mich Carolyn und Elspeth Peters gegenüber.

Das heißt, auf den zweiten Blick wurde mir klar, daß es sich nicht um Elspeth Peters, sondern um Alison handeln mußte. Sie war mindestens so attraktiv wie die Peters, und deren ätherisches Wesen wurde bei Alison durch eine erdhafte Vitalität ersetzt. Carolyn stellte uns einander vor. »Alison Warren.« Alison besiegelte unsere Bekanntschaft mit einem kräftigen Händedruck, wie es sich für eine politische und ökonomische Lesbe gehörte.

»Ich hab dich nicht erwartet, Bernie.«
»Weißt du, ich wollte nur mal schnell unter die Dusche.«
»Ja, stimmt, du warst beim Joggen.«
»Oh, Sie sind Jogger?«

Ich unterhielt mich mit Alison ein wenig über Sport, und Carolyn setzte Kaffee auf. Kaum hatte sich Alison auf der Couch niedergelassen, sprang Ubi auf ihren Schoß. Ich ging zum Herd, wo Carolyn sich mit dem Kaffee zu schaffen machte. Sie war ganz aufgeregt.

»Ist sie nicht nett?«
»Sie ist wundervoll. Sieh zu, daß du sie los wirst.«
»Machst du Witze?«
»Nie und nimmer.«
»Warum denn, um Himmels willen?«
»Wir gehen ins Museum. Zu Hewlett.«
»Jetzt?«
»Jetzt.«
»Ich hab sie doch grad erst hergebracht. Ich muß ihr wenigstens eine Tasse Kaffee anbieten.«
»Okay. Ich mach 'ne Fliege. Komm sobald wie möglich ins Museum. Ich warte vor dem Mondrian auf dich.«

Als ich am Eingang meinen Obolus entrichtete, machte mich der Wächter freundlicherweise darauf aufmerksam, daß die Galerie nur noch eine knappe Stunde geöffnet wäre. Ich zahlte trotzdem und passierte die Schranke. Nun erstand der verblichene Mr. Turnquist in aller Lebhaftigkeit vor meinem geistigen Auge. Mir fiel ein, mit welcher Anteilnahme er uns einen Vortrag über Kunst gehalten hatte. Um die Sache mit dem Rollstuhl durchstehen zu können, hatte ich versucht, ihn nicht als Person, sondern nur als Leiche zu sehen. Aber jetzt kehrte die Erinnerung an seine vitale Menschlichkeit zurück. Ich bedauerte seinen Tod zutiefst, ganz besonders aber, daß wir nach seinem Dahinscheiden ein so makabres Theater mit ihm aufgeführt hatten.

Eine halbe Stunde später zupfte mich jemand am Ellbogen.

»Nicht schlecht, Bernie, aber du kannst bestimmt nicht allzu viele damit hinters Licht führen. Man kann eine Bleistiftskizze nicht so ohne weiteres für ein Ölgemälde ausgeben. Was machst du da?«

»Ich skizziere das Bild. Die Maße kann ich nur schätzen.«

»Wofür stehen die Initialen? Ach, für die Farben, stimmt's?«

»Stimmt.«

»Wozu?«

»Weiß ich nicht.«

»Der Bursche am Eingang wollte kein Geld von mir haben. Sie schließen nämlich jeden Augenblick. Aber ich hab ihm trotzdem einen Dollar gegeben. Stehlen wir das Bild, Bernie?«

»Ja.«

»Jetzt?«

»Natürlich nicht.«

»Wann denn?«

»Weiß ich nicht.«

»Schätze, du weißt auch nicht, wie wir's machen, oder?«

»Ich arbeite daran.«

»Indem du in dein Notizbuch malst?«

»Mist, laß uns hier verschwinden.«

»Tut mir leid, Bern. Ich wollte nicht drängeln.«

»Schon gut, gehen wir.«

Wir fanden eine Bar mit dem verheißungsvollen Namen »Gloryosky's«, ein paar Blocks vom Madison Square entfernt. Gedämpftes Licht, dicke Teppiche, Chrom, schwarzer Kunststoff und ein paar naive Wandbilder. Ungefähr die Hälfte der Besucher schien sich den ersten wohlverdienten Feierabenddrink zu genehmigen. Der Rest sah aus, als hätte er nach dem Mittagessen nicht mehr den Ausgang gefunden. Alle waren sichtlich froh, das Freitag war.

»Das ist wunderbar.« Carolyn steuerte ganz beglückt eine Nische an. »Gedämpftes Licht, Fröhlichkeit, Lachen, das Klingeln der Eiswürfel und Peggy Lee auf dem Plattenteller. Hier könnte ich Wurzeln schlagen, Bernie.«

»Die Serviererin ist auch nicht zu verachten.«

»Ist mir schon aufgefallen. Das hier ist schon was anderes als das ›Bum Rap‹. Schade, daß es von unseren Läden so weit weg ist.«

Die attraktive Bedienung kam und beugte sich zu uns herunter. Carolyn lächelte sie unverhohlen an und bestellte einen Martini, sehr kalt und sehr trocken. Den schien sie dringend zu brauchen. Ich bat um eine Coca-Cola mit Zitrone. Die Dame lächelte und entschwebte.

»Warum, Bernie?«

»Was meinst du?«

»Warum Cola mit Zitrone?«

»Dann schmeckt's nicht so klebrig.«

»Und warum überhaupt 'ne Cola?«

»Weiß nicht, vielleicht bin ich nicht in Stimmung für Perrier. Außerdem kann ich etwas Zucker und Koffein für meine kleinen grauen Zellen brauchen.«

»Sag mal, bist du absichtlich so begriffsstutzig?«

»Wie? Ach so, warum ich nichts Härteres nehm, meinst du das?«

»Na, wer sagt's denn?«

»Weiß nicht, kein besonderer Grund.«

»Du willst versuchen, im Museum einzubrechen. Das ist verrückt.«

»Ich weiß. Und ich werd's nicht versuchen. Aber was immer ich auch tun werde, ich habe auf jeden Fall einen schwierigen Abend vor mir. Ich will dann einfach in Bestform sein. So ist das eben.«

»Also, mir geht's immer besser, wenn ich ein paar Drinks habe.«

»Na ja, jedem das Seine.«

»Wenn mein Martini nicht bald kommt, nützt er mir nichts mehr. Dann bin ich verdurstet.«

»Weißt du was, Carolyn, es ist komisch, aber ich hab mir eben vorgestellt, wie gut der Mondrian über meiner Couch aussehen würde.«

Sie schloß die Augen und versuchte, sich meine Wohnung und das Bild vorzustellen. »Hmm, Bernie, wär nicht übel. Also, wenn das alles hier vorbei ist, dann weißt du ja, was du zu tun hast.«

»So ist es. So was wie eins bis zehn.«

»Eins bis zehn?«

»Jahre. Knast-Jahre.«

»Ach was.« Sie schob das gesamte Strafsystem mit einer Handbewegung beiseite. »Ich mein's ernst, Bern. Sobald alles geklärt ist, kannst du dich hinsetzen und selbst einen Mondrian malen. Den hängst du dann über die Couch.«

»Ach, komm.«

»Du, das ist mein Ernst, Bern. Was der alte Piet da fabriziert hat, das ist ganz leicht nachzuahmen. Gut, er hat sich das ausgedacht, mit den Proportionen und der Farbe und so. Das war schon brillant, aber was soll's, das nachzuahmen ist nicht schwierig. Jedenfalls nicht, wenn es nur für deine eigene Bude taugen soll. Was ist denn schon dran, eine weiße Leinwand, ein bißchen Farbe hier und da. Dazu muß man nicht erst zehn Jahre auf die Kunstakademie.«

»Wahrscheinlich ist das nicht so einfach, wie's aussieht.«

»Wie alles. Einen Shih Tzu zu scheren ist auch nicht so einfach, wie's aussieht, aber man muß kein Genie sein, um es zu tun. Wo ist denn die Skizze, die du vorhin gemacht hast? Kannst du die nicht einfach auf eine Leinwand übertragen?«

»Ich kann eine Wand mit einer Walze anmalen. Das wär's dann aber auch.«

»Warum hast du dann überhaupt eine Skizze gemacht?«

»Weil einfach zu viele Bilder in die Geschichte verwickelt sind. Ich kann sie nicht mehr unterscheiden, wenn sie nicht nebeneinander hängen. Mondrian ist Mondrian. Und da dacht ich eben, die Skizze würde helfen. Ich glaub nicht, daß ich das kann.«

»Was kannst du nicht?«

»Einen Mondrian fälschen. All die kerzengeraden Linien, wie macht man so was?«

»Mit 'ner ruhigen Hand.«

»Damit wird's wohl auch nicht getan sein. Man muß auch noch die richtigen Farben mischen.«

»Das läßt sich lernen.«

»Ein Maler müßte es eigentlich können.«

»Gewiß, wenn er die Technik beherrscht und –«

»Zu schade, daß Turnquist tot ist. Er war Maler, und er bewunderte Mondrian.«

»Bernie, er war nicht der einzige Maler in New York. Es findet sich bestimmt jemand, der genügend Talent besitzt, um einen Mondrian für deine Couch zu malen, wenn du schon nicht selbst zum Pinsel greifen willst.«

»Es geht nicht um den Mondrian für meine Wohnung.«

»Nicht?«

»Nein.«

»Du meinst –«

»Genau.«

»Aber ob das hinhaut, Bern? Ich dachte an eine Kopie für den Privatgebrauch, nicht an eine, mit der man Sachverständige linken kann. Und wo würden wir einen vertrauenswürdigen Maler finden?«

»Das ist eine gute Frage.«

Eine kleine Weile saßen wir uns grübelnd gegenüber. Dann trafen sich plötzlich unsere Blicke, und wie aus einem Mund erklang der Name unserer gemeinsamen Verflossenen: »Denise!«

17

»Halt das mal.« Denise Raphaelson bemühte sich, die Leinwand auf den Keilrahmen zu spannen.

»So was macht heute kein Mensch mehr. Man kauft einfach die aufgezogene Leinwand.«

»Unser Universum ist bald durch und durch genormt.«

»Bernie, die Maße müßten jetzt ziemlich genau hinkommen. Vielleicht differieren sie um ein, zwei Millimeter, mehr nicht. Trotzdem, ein Sachverständiger merkt sofort, daß das kein Mondrian ist.«

Ich half Denise dabei, die Leinwand zu spannen. Carolyn hatte es abgelehnt, mich zu begleiten. Denise ist langbeinig, schlank und hat dunkelbraunes, gelocktes Haar und eine helle

Haut, mit unzähligen Sommersprossen. Von dem Geld, das sie als Malerin verdient, können sie und ihr Sohn Jared ganz gut leben. Gelegentlich kommt auch ein Scheck von Jareds Vater. Ihre Bilder sind abstrakt, sehr lebhaft, intensiv und voll Energie. Auch wenn einem ihre Bilder nicht gefallen, einfach ignorieren kann man sie nicht.

Wenn ich's recht bedenke, dann gilt das auch für Denise selbst. Wir hatten einige Zeit zusammengelebt, bis Carolyn in ihr Leben trat. Allerdings hielt diese Liaison nicht sehr lange. Danach hatten weder Carolyn noch meine Wenigkeit Denise wiedergesehen.

»Das ist Kreidemalgrund«, erklärte Denise. »Wir benützen ihn, um eine möglichst glatte Leinwand zu bekommen. Hier, nimm die Bürste. So ist's gut. Das gibt einen schönen, gleichmäßigen Untergrund. Es muß ganz leicht aus dem Handgelenk kommen, Bernie.«

»Und wofür ist das da?«

»Zum Trocknen. Siehst du, das ist Acryl-Kreide, die trocknet sofort. Dann wird gesandet.«

»Gesandet?«

»Ja, mit Sandpapier. Man schmirgelt die Fläche leicht ab, gibt eine neue Schicht Kreide drauf, sandet wieder und so weiter. Wir brauchen mindestens drei Schichten Kreide, und dann wird nochmal gesandet. Mach inzwischen weiter, ich seh nach, ob ich vielleicht eine Abbildung von diesem Gemälde finde. Ich hab einen Mondrian-Bildband.«

Als ich gerade die letzte Kreideschicht abschmirgelte, kehrte sie mit einem Buch zurück. Sie schlug eine Seite auf, und da war es, das Bild aus dem Hewlett-Museum.

»Wie sind die Farben, Bernie?«

»Wieso, was soll damit sein?«

»Nun, Reproduktionen sind in den seltensten Fällen farbgetreu. Meinst du, daß diese Abbildung hier wenigstens einigermaßen hinkommt?«

»Ich hab zwar nicht dein geschultes Auge, aber ich meine schon, daß das Hewlett-Bild ziemlich genauso aussieht. Nur der Hintergrund war nicht ganz so dunkel. Es war ein leuchtenderes Weiß.«

»Na, ich werd's schon hinkriegen. Hoffentlich willst du damit nicht einen Sachverständigen hinters Licht führen.«

»Das hoffe ich auch.«

»Wenn ich zwei Wochen Zeit hätte, könnte es ganz gut werden.«

»Hast du aber nicht.«

»Dann muß ich Acrylfarbe nehmen. Mondrian malte mit Ölfarben, aber der hatte auch keinen Irren im Genick sitzen, der ein Bild innerhalb weniger Stunden haben wollte.«

»Denise?«

»Was?«

»Wir müssen uns nicht wegen irgendwelcher Kleinigkeiten verrückt machen. Es kommt nicht so sehr drauf an. Tu einfach dein Bestes. Okay?«

»Okay.«

»Denise, ich hab noch was zu erledigen, aber ich könnte hinterher wiederkommen.«

»Das brauchst du nicht. Ich komm schon allein zurecht.«

»Hör mal, was hältst du hiervon?«

Ich erläuterte ihr in knappen Sätzen meinen Plan. Sie hörte zu, rauchte, ohne ein Wort zu sagen, ihre Zigarette zu Ende.

»Klingt gut durchdacht.«

»Das ist es auch.«

»Die Sache ist ziemlich kompliziert, aber ich sehe ungefähr, worauf du hinauswillst. Und allzuviel möchte ich darüber auch gar nicht wissen. Oder muß ich alle Details kennen?«

»Nein, keineswegs.«

»Gut, Jared wird dir helfen, wenn er nach Hause kommt. Er ist bei einem Freund.«

»Na wunderbar.«

»Ich liebe das Hewlett-Museum, aber Jared hat eine tiefe Abneigung dagegen.«

»Wieso?«

»Weil er noch keine sechzehn Jahre alt ist. Er darf nicht rein.«

»Wie sollen denn die Kinder dieser Stadt ein Verhältnis zur Kunst entwickeln?«

»Ja, wirklich ein starkes Stück. Ich bin auch zutiefst betrübt, daß dort nicht 'ne Heerschar ungezogener Kinder rumturnt und von einem gehirnamputierten Lehrer in nicht zu überhörender Lautstärke über Matisse aufgeklärt wird. Das Hewlett gehört den Erwachsenen – ich muß ehrlich sagen, daß ich das in vollen Zügen genieße.«

»Aber Jared nicht.«

»Noch nicht. Aber der wird auch mal sechzehn. Ach, Bernie, bitte, versprich mir noch einmal, daß das Bild hier einem guten Zweck dienen wird. Nur dazu, eine Katze zu retten und einen Buchhändler vor dem Gefängnis zu bewahren.«

»Versprochen.«

Im Radio kamen gerade Nachrichten. Ich schenkte den Neuigkeiten wenig Aufmerksamkeit, bis plötzlich von einem anonymen Anruf die Rede war, der die Polizei auf die Leiche eines gewissen Edwin P. Turnquist hingewiesen habe. Turnquist sei durch einen Stich ins Herz getötet worden, vermutlich ausgeführt mit einem Eispfriem. Er sei Künstler und alternder Bohemien gewesen, der bis zu seinem Tod in einer Pension in Chelsea gelebt habe. Das war aber noch nicht alles. Als Hauptverdächtiger in diesem Fall, so hieß es, gelte ein Bernard Rhodenbarr, Buchhändler in Manhattan, der schon einige Vorstrafen wegen Einbruchdiebstahls vorzuweisen habe. Außerdem sei er bereits im Zusammenhang mit dem Mordfall Onderdonk verhaftet und gegen Kaution freigelassen worden. Mr. Onderdonk sei wahrscheinlich das Folgeopfer eines Einbruchs geworden, während die Polizei für den Mord an Turnquist noch kein Motiv angeben könne. Vielleicht, meinte der Sprecher, habe Mr. Turnquist einfach zuviel gewußt.

Ich schaltete das Radio ab. Die nachfolgende Stille dehnte sich vor mir wie der Sand der Sahara. Denise griff nach einer Zigarette und brach das Schweigen.

»Der Name Turnquist kommt mir irgendwie bekannt vor, Bernie. Du hast ihn doch nicht umgebracht, oder?«

»Nein.«

»Aber du steckst bis zu den Haarwurzeln in der Sache drin, nicht wahr?«

»Nein, bis zu den Haarspitzen.«

»Und die Polizei sucht dich?«

»Siehst so aus. Es wär wohl das beste, wenn sie mich nicht

finden würde. Ich hab schon mein ganzes Bargeld für die Kaution ausgegeben. Außerdem würden sie mich diesmal bestimmt nicht wieder laufenlassen.«

»Und wenn du auf Rikers Island in einer Zelle sitzt, wie willst du da die Sache wieder in Ordnung bringen, Mörder fangen und Katzen befreien?«

»Damit hätte sich's dann.«

»Wie nennt man das, was ich bin? Begünstigter?«

»Nein, unwissentlicher Mittäter. Du hast das Radio nie eingeschaltet. Glaub mir, Denise, wenn ich es durchstehe, dann wird es überhaupt keine Strafen geben.«

»Und wenn nicht?«

»Hmm.«

»Vergiß die Frage. Sag mal, wie steht Carolyn das eigentlich durch?«

»Ganz gut, glaub ich.«

»Schon komisch, welche Wendungen das Leben manchmal nimmt.«

»Tja.«

Denise deutete auf die Leinwand. »Das Hewlett-Bild ist nicht gerahmt? Nur die Leinwand auf dem Keilrahmen?«

»Richtig. Das Muster läuft über den Rand hinaus.«

»Ja, das hat er gelegentlich gemacht. Bernie, du weißt, daß das eine ganz verrückte Geschichte ist, nicht?«

»Jawohl.«

»Wie dem auch sei, es könnte vielleicht funktionieren.«

18

Es war etwa elf Uhr, als ich Denise verließ. Sie hatte mir eine Couch in ihrem Atelier angeboten, aber ich wollte das nicht. Die Polizei war hinter mir her, da sollte ich nirgendwo sein, wo man mich vielleicht vermuten würde. Zwar wußte nur Carolyn, daß ich zu Denise gegangen war, aber ein unbedachtes Wort zu Alison, und schon hätte ich Handschellen an. Man wußte auch nicht, mit welchen Methoden sie versuchen würden, Carolyn zum Sprechen zu bringen. Sicher ist sicher.

Außerdem hätte es auch sein können, daß sich Ray Kirschmann an Denise erinnerte. Wir waren während unserer Affäre öfters mit ihm zusammengewesen.

Ich wagte mich kurzentschlossen auf die Straße. Die Extrablätter würden in etwa einer Stunde erscheinen und mit ziemlicher Sicherheit mein Konterfei zeigen. Im Augenblick jedoch war ich noch ein Nobody und sicher, obwohl schon jetzt die Augen der Passanten auf mir zu ruhen schienen.

An der Wooster Street fand ich eine Telefonzelle. Eine richtige, mit einer Tür zum Zumachen, nicht diese neumodischen Plastikhalbkugeln, wo man zur Hälfte im Freien steht. Leider hatten wohl einige Bürger unserer Stadt gerade diese Zelle mit einer öffentlichen Bedürfnisanstalt verwechselt. Ich zog die Privatsphäre meinem ästhetischen Empfinden vor und zog die Tür hinter mir zu. Dabei wurde es hell – wörtlich, nicht bildlich gesprochen.

Ich löste ein paar Schrauben, entfernte ein Stück durchsichtigen Kunststoffs und lockerte die Glühbirne. Dann befestigte ich die Kunststoffscheibe wieder. Schon stand ich nicht mehr im Scheinwerferlicht, was für mich nur günstig sein konnte. Ich rief die Auskunft an und wählte dann die Nummer, die man mir genannt hatte.

Es meldete sich das Revier, in dem Ray Kirschmann seinen Hut hängen hatte, wenn er ihn nicht, wie üblich, auch noch im Büro aufbehielt. Er war nicht da. Dann versuchte ich es bei seiner Privatnummer in Sunnyside. Seine Frau reichte ihm den Hörer, ohne nach meinem Namen gefragt zu haben.

»Ray?«

»Mein Gott, der Mann des Tages. Du solltest wirklich damit aufhören, Leute umzulegen, Bernie. Das wird zur schlechten Angewohnheit. Wer weiß, wo das noch hinführt!«

»Ich hab Turnquist nicht umgebracht.«

»Ach ja. Du hast auch nie von ihm gehört.«

»Hab ich nicht behauptet.«

»Ist auch gut so. Er hatte nämlich einen Zettel mit deinem Namen und deiner Geschäftsadresse in der Tasche.«

War das möglich? Sollte ich tatsächlich etwas derart Belastendes übersehen haben, als ich den Toten durchsucht hatte? Ich dachte darüber nach, dann fiel mir etwas ein, und ich schloß die Augen.

»Bernie, bist du noch da?«

Ich hatte seine Taschen überhaupt nicht durchsucht. Ich war so darauf erpicht gewesen, den Toten wieder loszuwerden, daß ich das ganz vergessen hatte.

»Wie auch immer, wir haben zudem deine Visitenkarte in seiner Wohnung gefunden. Außerdem bekamen wir einen anonymen Anruf, kurz nach Auffindung der Leiche. Das heißt, es waren zwei, und es würde mich nicht wundern, wenn die Anrufer identisch gewesen wären. Der erste informierte uns darüber, wo die Leiche lag, der zweite sagte uns, daß wir einen Burschen namens Rhodenbarr fragen sollten, wenn wir Turnquists Mörder finden wollten. Also, Bern, wer hat ihn auf dem Gewissen?«

»Ich nicht.«

»Was du nicht sagst. Wir setzen Burschen wie dich auf freien Fuß, und was tun sie? Sie begehen ein Verbrechen nach dem andern. Wie das mit Onderdonk, der fetten Wanze, passiert ist, das kann ich mir ja noch vorstellen. Du mußtest ihn niederschlagen, um das Bild zu bekommen. Da hast du eben ein bißchen zu kräftig hingelangt. Aber so einen Knirps wie Turnquist mit einem Eispickel aufzuspießen, also das ist schon das letzte.«

»Ich hab's nicht getan.«

»Hast sicher auch sein Zimmer nicht durchsucht, wie?«

»Ich weiß nicht mal, wo er gewohnt hat, Ray. Das ist nämlich einer der Gründe für meinen Anruf. Ich wollte seine Adresse haben.«

»Er hatte einen Personalausweis in der Tasche. Da hättest du nachsehen können.«

Mist! Alles war in Turnquists Taschen gewesen, nur meine Hände nicht.

»Weshalb wolltest du seine Adresse?«

»Ich dachte, ich könnte –«

»Hingehen und ein bißchen rumschnüffeln, wie?«

»Na ja, zugegeben. Aber ich suche doch den wirklichen Täter.«

»Irgend jemand hat das Zimmer bereits auf den Kopf gestellt, Bernie. Wenn du's nicht warst, dann war's jemand anders.«

»Also ich war's jedenfalls nicht. Du hast doch meine Karte dort gefunden, stimmt's? Und wenn ich die Behausungen von Verblichenen durchsuche, lasse ich im allgemeinen nicht meine Karte zurück.«

»Du bringst in der Regel auch keine Leute um. Vielleicht hat dich der Schock nachlässig gemacht.«

»Das glaubst du doch selbst nicht, Ray.«

»Nein, schätze nicht, daß ich das glaube. Aber, Bernie, es läuft 'ne Fahndung nach dir, und deine Freilassung gegen Kaution wurde widerrufen. Du solltest dich schnellstens stellen, sonst steckst du knietief in der Scheiße. Wo bist du jetzt? Ich hol dich ab und bring dich in aller Ruhe aufs Präsidium.«

»Du vergißt die Belohnung, Ray. Wie kann ich das Gemälde aufstöbern, wenn ich in einer Zelle sitze?«

»Willst du damit andeuten, du hättest 'ne heiße Spur?«

»Ja, glaub ich wenigstens.«

Es trat eine längere Pause ein, während der sich in Ray Kirschmanns Brust Diensteifer und nackte Geldgier stritten. Er wog die Vorteile einer eindrucksvollen Verhaftung gegen den höchst unsicheren Gewinn von siebzehntausendfünfhundert Dollar ab.

»Ich mag das Telefon nicht. Wir sollten das persönlich besprechen, Bern.«

Ich wollte gerade etwas sagen, als die automatische Ansage mitteilte, daß meine drei Minuten Sprechzeit in Kürze um wären. Ich hängte ein.

Zwischen Sixth und Eighth Avenue lief kein einziger annehmbarer Film. Nur Pornos oder Streifen, die in übelster Weise Gewalt verherrlichten. Ich wählte das kleinste Übel und steuerte ein Kino an, das zwei neue Kung-Fu-Filme zeigte. Ich hatte zwar nie vorher einen solchen Film gesehen, aber meine Vorstellung davon wurde leider in keiner Weise enttäuscht. Ich war jedoch in dem dunklen Vorführraum vor unliebsamen Überraschungen sicher. In der Zwischenzeit hatte die Polizei meinen Steckbrief wahrscheinlich schon an alle Hotels der Stadt verteilt, und auf den Straßen müßten in diesem Augenblick die ersten Abendblätter zu haben sein, geschmückt mit meinem Fahndungsfoto. Da fand ich es auf meinem Außensitz in der dritten Reihe doch ganz gemütlich. Der Film kam mit wenig Dialogen aus, er lebte von dramatischen Geräuscheffekten. Man hörte, wie sich Leute den Brustkorb einschlugen, durch Glasscheiben fielen und ähnlich Beunruhigendes. Gelegentlich war auch beifälliges Gemurmel der Zuschauer zu vernehmen, wenn einer der Akteure ein besonders böses Ende nahm.

Ich saß da und starrte mit äußert mäßigem Interesse auf die Leinwand. Ereignisse und Szenen der letzten Tage zogen an meinem geistigen Auge vorbei, und je schläfriger meine Sinne wurden, um so aktiver schien sich mein Unterbewußtsein zu betätigen. Aus dem wüsten Durcheiannder von Eindrücken entwickelte sich nahezu mühelos ein klar zu erkennendes Muster. Alles hatte damit begonnen, daß dieser elegante Herr in meinem Laden aufgetaucht war und mich um die Begutachtung seiner Bibliothek gebeten hatte. Eine außerordentlich kultivierte Begegnung, und doch hatte sie ein so schreckliches Nachspiel.

Moment mal.

Ich setzte mich in meinem Kinosessel aufrecht hin und blinzelte, als auf der Leinwand ein Orientale das Gesicht einer Frau mit dem Ellbogen zerschmetterte. Ich nahm die Filmhandlung kaum wahr, aber ich sah im Geist Gordon Onderdonk, wie er mich an seiner Wohnungstür begrüßte, die Kette entsicherte und die Tür weit aufhielt, um mich einzulassen. Darauf folgten weitere Bilder und Eindrücke, und dazwischen fielen mir immer wieder Gesprächsfetzen ein.

Ein paar Minuten arbeiteten meine Gehirnzellen auf Hochtouren, so, als hätte ich mir eine ganze Kanne Espresso intravenös gespritzt. Die Geschehnisse der vergangenen Tage bekamen plötzlich, wie durch Zauberhand, eine ganz neue Bedeutung. Alles schien auf einmal klar und durchschaubar. War ich wach, oder hatte ich die Lösung meiner Probleme nur geträumt? Unwichtig! Ich wußte jetzt, wie die Teile des Puzzles zusammenpaßten und was ich zu tun hatte. Ohne Zögern erhob ich mich und strebte dem Ausgang zu.

19

Im Schutz einer Hauseinfahrt an der West End Avenue beobachtete ich den Eingang meines Apartmenthauses. Es dauerte nicht lange, bis die vertraute Gestalt in der Tür erschien. Die unvermeidliche Zigarette im Mundwinkel, wandte sie sich zuerst nach Norden. Das erschreckte mich zutiefst. Dann aber schlug sie zu meiner großen Erleichterung einen Haken und marschierte in südlicher Richtung weiter. In Höhe meines Verstecks überquerte sie die Straße und kam direkt auf mich zu.

Es war Mrs. Hesch, meine Nachbarin, die nie versiegende Quelle wunderbaren Kaffees und tröstender Worte.

»Mr. Rhodenbarr, gut, daß Sie mich angerufen haben. Ich war sehr besorgt. Man sollte nicht für möglich halten, was die Miesniks über Sie gesagt haben.«

»Aber Sie haben's nicht geglaubt, Mrs. Hesch.«

»Ich? Gott bewahr mich. Ich kenne doch meinen Mr. Rhodenbarr. Was Sie so treiben, das ist Ihre Sache – man muß ja von was leben. Aber Sie waren immer ein guter Nachbar. Sie sind ein netter junger Mann. Sie würden nie jemanden umbringen.«

»Natürlich nicht.«

»Also, was kann ich für sie tun?«

Ich gab ihr meine Schlüssel, erklärte ihr, welche zu welchem Schloß gehörten, und sagte ihr, was ich brauchte. Fünfzehn Minuten später war sie wieder da, mit einer Einkaufstasche und einer Warnung.

»In der Halle treibt sich 'n Kerl rum. Normale Kleidung, keine Uniform, aber ich denk, das ist so'n irischer Dickschädel, 'n Bulle.«

»Sehr wahrscheinlich ist er beides.«

»Und dort drüben, in dem grünen Wagen, da sitzen auch zwei so komische Vögel drin.«

»Die hab ich auch schon entdeckt.«

»Mr. Rhodenbarr, hier ist der Anzug, den Sie haben wollten, und ein sauberes Hemd. Dann hab ich noch 'ne passende Krawatte dazu rausgesucht. Socken und Unterwäsche sind auch dabei. Die haben Sie zwar nicht erwähnt, aber ich dachte mir, daß das nichts schaden könnte. Und dann das Werkzeug, geht mich ja nix an, will auch gar nicht wissen, wofür Sie das brauchen, aber das Versteck dafür, das ist schon clever. Könnten Sie mir vielleicht auch mal so'n Plätzchen einrichten?«

»Mach ich, gleich nächste Woche, wenn ich es schaffe, nicht eingelocht zu werden.«

»Das wär schön, Sie wissen ja, all die furchtbaren Einbrüche in der letzten Zeit. Sie haben mir zwar schon das gute Schloß eingebaut, aber so ein Versteck, das wär was.«

»Mrs. Hesch, ich mach das für Sie, sobald ich kann.«

»Nicht, daß ich den Hope-Diamanten bei mir rumliegen hätte, aber warum sollte man ein Risiko eingehen? Haben Sie jetzt alles, was Sie brauchen, Mr. Rhodenbarr?«

»Ich denke schon.«

Im Waschraum eines Cafés zog ich mich um und verstaute mein Handwerkzeug in den verschiedenen Taschen. Dann warf ich meine schmutzigen Sachen in den Mülleimer. Abfallkorb würde ein Engländer sagen. Wer hatte mir das kürzlich erklärt? Turnquist. Aber der war jetzt tot, gestorben mit einem Eispfriem im Herzen.

In einer Drogerie erstand ich einen Wegwerfrasierer. Mit seiner Hilfe machte ich aus mir wieder einen zivilisierten Menschen. Ich kaufte mir auch noch eine Sonnenbrille. Sie sah aus wie die Brille, die wir dem armen Mr. Turnquist bei unserer Rollstuhltour aufgesetzt hatten.

Der Himmel war bedeckt, und ich fürchtete, daß mir die Sonnenbrille mehr schaden als nützen würde. Sie verbarg zwar meine Augen, aber dafür lenkte sie die Aufmerksamkeit auf den komischen Kauz, der an einem trüben Tag eine Sonnenbrille trug. Ich setzte sie trotzdem auf und nahm die U-Bahn zur Vierzehnten Straße.

In einem der Ramschläden zwischen Fifth und Seventh Avenue suchte ich so lange, bis ich eine dicke Hornbrille gefunden hatte, die mein Sehvermögen nicht allzusehr beeinträchtigte. Reine Fenstergläser sehen immer aus wie eine Bühnenverkleidung, weil die Lichtbrechung anders ist als bei geschliffenen Gläsern. Aber diese Brille würde mein Aussehen verändern, ohne gekünstelt zu wirken. Ein paar Straßen weiter kaufte ich mir noch einen grauen Filzhut, der gut zu meiner Garderobe paßte.

Schließlich genehmigte ich mir noch eine Cola und ein Sandwich und redete mir ein, daß das ein Frühstück wäre. Ich erledigte noch ein paar Telefongespräche und ging dann die Third Avenue hinunter bis zur Dreiundzwanzigsten Straße. Dort sah ich, daß ein ziemlich verbeulter Chevy langsam neben mir herfuhr. So wie der Kerl klaute, hätte man annehmen sollen, daß er sich ein etwas repräsentativeres Gefährt leisten konnte.

»Ich hab dich 'ne Weile angesehen, aber ich konnte fast nicht glauben, daß du's wirklich bist. Solltest dich öfters in Schale schmeißen, sieht gut aus. Bloß schade, daß der gute Eindruck wieder im Eimer ist, wenn man die Jogging-Schuhe sieht.«

Ich war mittlerweile zu ihm ins Auto gestiegen. »Wieso, Ray, 'ne Menge Leute tragen heutzutage Turnschuhe zum Anzug.«

»Gibt auch 'ne Menge Ignoranten, die Erbsen mit dem Messer essen. Bern, is' dir hoffentlich klar, was ich tun müßte? Ich müßte dich einbuchten. Du hättest keine weiteren Schwierigkeiten mehr, und ich krieg 'ne Belobigung.«

»Wär dir 'ne Belohnung nicht lieber?«

»Du nennst das Belohnung, ich nenn's Beihilfe.« Er seufzte. »Das ist einfach verrückt, was du von mir verlangst.«

»Weiß ich.«

»Na ja, bin in der Vergangenheit nicht schlecht gefahren mit deinen Ratschlägen.« Er sah auf meinen Hut, die Brille und die Jogging-Schuhe und schüttelte sein gramgebeugtes Haupt. »Mann, ich wünschte, du würd'st 'n bißchen mehr wie 'n Bulle aussehen.«

»So seh ich eben aus wie'n Bulle in Verkleidung.«

»'ne Verkleidung, ja, das is' es. Damit führst du jeden an der Nase rum.«

Er ließ seinen Wagen auf dem Parkplatz stehen, und wir gingen zusammen eine Treppe hinauf und einen Korridor entlang, wobei Ray in regelmäßigen Abständen seine Hundemarke zückte. Dann fuhren wir mit einem Aufzug in den Keller.

Als Zivilist, der einen Toten identifizieren will, muß man sich im ersten Stock melden. Dann wird der teure Verblichene per Aufzug hinaufgeschafft. Bei einem Polizisten sparen sie sich die Mühe. Da darf man selbst in den Keller, wo sie dann die Schubladen mit den Leichen herausziehen.

Zunächst wurde uns eine falsche Leiche untergejubelt. Auf dem Schildchen stand »Velez, Concepción«. Schließlich konnte der Irrum aufgeklärt werden, und wir standen vor einer sterblichen Hülle mit der Aufschrift »Onderdonk, Gordon K.«. Nach einer Weile pietätvollen Schweigens fragte mich Ray, ob ich nun genug gesehen hätte. Ich bestätigte das, und Ray ließ die Schublade wieder schließen.

Auf dem Weg nach oben bat ich Ray herauszufinden, ob das Opfer betäubt worden sei.

»Betäubt?«

»Mit Seconal oder was Ähnlichem. Steht das nicht im Autopsiebericht?«

»Nur wenn ausdrücklich danach gesucht wurde. Wenn man einen Kerl mit eingeschlagenem Schädel findet und feststellt, daß das die Todesursache war, dann untersucht man nicht auch noch, ob er vielleicht an Diabetes litt.«

»Laß ihn auf Drogen untersuchen.«

»Warum?«

»Nur 'ne Vermutung.«

»'ne Vermutung. Mir wär wohler bei deinen Vermutungen, wenn du nicht wie'n Roßtäuscher aussehen würdest. Seconal, wie?«

»Irgendein Beruhigungsmittel.«

»Ich laß das prüfen. Wohin gehen wir jetzt, Bernie?«

»Getrennte Wege.«

Ich rief Carolyn an und beruhigte sie wegen der Fahndung, die nach mir lief. »Wird schon gutgehen. Aber ich brauch deine Hilfe. Du müßtest ein Ablenkungsmanöver inszenieren.«

»Das ist meine Spezialität. Was soll ich tun?«

Ich gab ihr exakte Anweisungen und wiederholte sie mehrfach. Carolyn meinte, daß sie das schon schaffen würde.

»Aber es wäre besser, wenn du jemanden hättest, der dich dabei unterstützt. Alison vielleicht?«

»Das würde sie wahrscheinlich tun. Wieviel kann ich ihr erzählen?«

»So wenig wie möglich. Wenn es nicht anders geht, dann sag ihr, daß ich im Museum ein Bild stehlen möchte.«

»Das kann ich ihr erzählen?«

»Notfalls ja. Sag mal, könntest du vielleicht deinen Laden inzwischen zumachen und dich bei Alison einquartieren? Wo wohnt sie überhaupt?«

»In Brooklyn Heights. Warum soll ich dorthin gehen, Bern?«

»Damit du nicht irgendwo bist, wo die Polizei an dich ran kann. Ist Alison gerade bei dir?«

»Nein.«

»Wo ist sie denn? In ihrer Wohnung?«

»Nein, im Büro. Warum?«

»Ich frag nur so. Du weißt nicht zufällig ihre genaue Adresse in Brooklyn Heights?«

»Ich weiß nicht mehr ganz genau, wo sie wohnt, aber ich kenne das Haus. Es ist irgendwo an der Pineapple Street.«

»Aber die Hausnummer weißt du nicht?«

»Was macht das schon? Ach, jetzt kapier ich, du suchst einen Platz, wo du unterkriechen kannst.«

»Gut kombiniert.«

»Nun, sie hat eine sehr hübsche Wohnung. Ich war gestern abend dort.«

»So, da hast du dich rumgetrieben. Ich hab heut sehr früh am Morgen bei dir angerufen – war natürlich kein Mensch zu Hause. Augenblick mal, du hast bei Alison übernachtet?«

»Na und, was ist schon dabei? Bist du vielleicht die Mutter Oberin, Bern?«

»Nein, ich bin nur überrascht. Du warst voher noch nie bei ihr, oder?«

»Nein.«

»Und es ist nett dort, sagtest du?«

»Es ist sehr nett. Was überrascht dich dabei. Steuerberater nagen im allgemeinen nicht am Hungertuch. Ihre Klienten haben alle 'ne Menge Geld, sonst brauchten sie sich nicht den Kopf über die Steuer zu zerbrechen.«

»Also, mir kommt's vor, als hätte jeder Ärger mit dem Finanzamt. Du hast das ganze Apartment gesehen? Das – äh – Schlafzimmer und alles andere?«

»Bernie, was zum Teufel soll die Fragerei? Es gibt kein Schlafzimmer. Sie hat ein riesiges Studio. Es ist mindestens achtzig Quadratmeter groß, aber es gibt nur einen einzigen Raum. Wozu willst du das wissen?«

»Oh, nur so.«

»Willst du vielleicht auf diese Weise erfahren, ob ich mit ihr geschlafen habe? Das geht dich nämlich einen feuchten Kehricht an.«

»Ich weiß.«

»Und?«

»Du hast schon recht, es geht mich nichts an, aber du bist meine beste Freundin, und ich will nicht, daß dir jemand weh tut.«

»Aber Bern, ich bin doch nicht in sie verliebt.«

»Dann ist es ja gut.«

»Und wir haben miteinander geschlafen. Weißt du, ich hab gemerkt, daß die Männer sie immer nur untergebuttert und herumkommandiert und schließlich auch noch ausgebeutet haben. Da hab ich meine Strategie drauf abgestimmt.«

»War anscheinend ganz wirkungsvoll. Und jetzt bist du also in der Poodle Factory?«

»Ganz recht.«

»Und sie ist in ihrer Kanzlei?«

»Stimmt.«

»Und ich vergeude meine kostbare Zeit damit, mir um dich Sorgen zu machen.«

»Ich bin zutiefst gerührt, Bern.«

Ich nahm mir ein Taxi zur Narrowback Gallery. Damit der Fahrer im Rückspiegel nichts sah, was mich verraten konnte, hatte ich meine Sonnenbrille aufgesetzt. Beim Aussteigen vertauschte ich sie mit der weniger auffälligen Hornbrille.

Jared machte mir die Tür auf, begutachtete die Brille, den Hut und das, was ich in der Hand trug. »Das ist aber ganz schlau. Da kannst du alles spazierentragen. Die Leute würden meinen, daß da ein Tier drin ist. Und was ist in dem Ding? Einbruchswerkzeug?«

»Unsinn.«

»Dann vielleicht die Beute?«

»Wie?«

»Na, Beute, Sore, heiße Ware, wie auch immer. Kann ich mal sehen?«

»Mit Vergnügen.« Ich schlug den Deckel auf.
»Ist ja leer.«
»Enttäuschend, wie?«
»Sehr enttäuschend.«
Wir stiegen zu Denise hinauf, die gerade an einer Leinwand arbeitete. Sie zeigte mir, welche Fortschritte sie in meiner Abwesenheit gemacht hatte, und ich ließ meiner Bewunderung freien Lauf.

»Du darfst uns ruhig loben. Wir beide haben die ganze Nacht daran gearbeitet. Was hat du inzwischen gemacht?«

»Ich war damit beschäftigt, nicht ins Gefängnis gesteckt zu werden.«

»Mach weiter so. Ich hoffe nämlich auf 'ne hübsche Belohnung, wenn das alles hier gelaufen ist. Da geb ich mich nicht mit einem Abendessen und einem Zug durch die Kneipen zufrieden.«

»Das mußt du dann auch nicht.«

»Als Zugabe wär's vielleicht gar nicht mal so übel, aber wenn am Ende des Regenbogens ein Goldtöpfen winkt, möchte ich schon ein bißchen daran teilhaben.«

»Kannst dich darauf verlassen. Wann, meinst du, ist das Zeug hier fertig?«

»In ein paar Stunden.«

»Würden zwei Stunden genügen?«

»Ja, das müßte reichen.«

»Hervorragend.« Nun mußte ich nur noch Jared einweihen und ihm erklären, was er zu tun hatte. Er schien meinen Vorschlag mit sehr gemischten Gefühlen aufzunehmen. »Ich weiß nicht recht, ob das geht.«

»Könntest du nicht noch ein paar Freunde zusammentrommeln?«

»Lionel würde da sicher mitmachen«, mischte sich Denise ein. »Und was ist mit Pegeen?«

»Vielleicht, kann sein.« Jareds Begeisterung hielt sich in Grenzen. »Was würde ich denn dafür kriegen?«

»Was hättest du denn gern? Wie wär's, wenn ich dir jedes Science-fiction-Buch schenke, das bei mir über den Ladentisch kommt – sagen wir mal – ein ganzes Jahr lang?«

»Ich weiß nicht.« Sein Enthusiasmus war so groß, als hätte ich ihm versprochen, seinen lebenslänglichen Bedarf an Blumenkohl zu decken.

»Sieh zu, daß du einen ordentlichen Preis aushandelst. Würde mich nicht wundern, wenn auch ein Fernsehteam auftauchen würde«, gab seine Mutter zu bedenken. »Und wenn du der Anführer bist, dann mußt du auch die Interviews geben.«

»Wirklich?«

»Ist doch logisch, nicht?«

Er dachte einen Augenblick darüber nach. Ich wollte etwas dazu sagen, aber Denise brachte mich mit einer Handbewegung zum Schweigen. Jared überraschte uns mit dem Ergebnis seiner Überlegungen. »Also, wenn jemand ein bißchen rumtelefonieren würde, dann wüßten die Leute vom Fernsehen doch, wo sie ihre Kamerateams hinschicken müssen.«

»Gute Idee.«

Jared hatte Feuer gefangen. »Ich sag Lionel Bescheid, und Jason Stone. Dann Shaheen und Sean Glick und Adam. Pegeen ist leider übers Wochenende bei ihrem Vater, aber ich weiß schon, wen ich noch mobilisieren kann.«

»Prima.«

»Und wir brauchen dann auch Schilder. Bernie? Wie spät ist es?«

»Halb fünf.«

»Die Sechs-Uhr-Nachrichten schaffen wir dann auf keinen Fall mehr.«

»Nein, aber die um elf Uhr.«

»Richtig. Und wer guckt sich am Samstag schon die Nachrichten um sechs Uhr an?«

Er sauste die Treppe hinunter. »Denise, das war eine Glanzleistung, wie du deinen Jungen motiviert hast.«

»Das schon, aber was für 'ne Mutter wäre ich denn, wenn ich mein eigenes Kind nicht motivieren könnte? Bernie, schau dir das Bild noch mal an. Wie findest du's?

»Ich glaub, es sieht absolut perfekt aus. Mondrian könnt's auch nicht besser.«

»Nein, perfekt ist es nicht, aber ich glaube auch, daß es einigermaßen hinkommt.«

20

Um die Mittagszeit stürzte ich mich in das Gewühl im Bankenviertel. Die Büromädchen, die Bankbeamten, alle strebten sie möglichst schnell ihren Fleischtöpfen zu. Ich genehmigte mir in einem Selbstbedienungsrestaurant zwei Sandwiches und einen Becher Kaffee, schleppte alles zu einem zehnstöckigen Bürohaus in der Maiden Lane und nahm dort den Aufzug zum siebten Stock. Zuvor mußte ich mich noch in eine Liste eintragen. Ich hatte dafür sinnigerweise den Namen Donald Brown gewählt und als Bestimmungsort Zimmer 702 angegeben. Die einzig richtige Angabe war die bezüglich der Ankunftszeit: 12.18 Uhr.

Vom siebten Stock stieg ich noch eine Treppe höher und fand rasch das Büro, das ich als Ziel auserkoren hatte. Das Türschloß widerstand mir nur einen kurzen Augenblick. Ich stellte meine Haustier-Tragetasche ab, ließ mich hinter einem der Metallschreibtische nieder und packte mein üppiges Menü aus. Eines der beiden Sandwiches klappte ich auf und nahm die Pastramischeiben und Truthahnstücke heraus. Dann riß ich sie in kleine Stücke und schob sie zu einem Haufen auf der Tischplatte zusammen. Das andere Sandwich aß ich auf und spülte mit Kaffee nach. Dann suchte ich aus dem Telefonbuch Manhattans eine Nummer heraus. Eine Frauenstimme meldete sich. Die Stimme kam mir zwar bekannt vor, aber ich wollte ganz sichergehen. Also fragte ich nach einem gewissen Nathaniel. Man sagte mir, daß ich die falsche Nummer gewählt hätte.

Ich tätigte noch ein paar Anrufe und sprach mit einigen Leuten. Zuletzt wählte ich die Null und brachte mein Anliegen vor. »Hier spricht Wachtmeister Donald Brown, meine Dienstnummer lautet zwei-drei-null-neun-vier, und ich bitte Sie, für mich eine nicht veröffentlichte Nummer herauszufinden.« Ich ersuchte die freundliche Dame dann, mich zurückzurufen. Ich hatte ihr die Nummer genannt, die auf dem Telefon in dem von mir okkupierten Büro stand. Sie meldete sich innerhalb einer Minute wieder und gab mir die gewünschte Nummer. »Ach, könnten Sie mir auch noch die zugehörige Adresse geben?« Sie konnte, aber ich mußte mir die Adresse gar nicht erst aufschreiben.

Ich wählte die bewußte Nummer. Eine Frau war am Apparat.
»Hallo«, meldete ich mich, »hier ist Bernie. Du glaubst ja nicht, wie ich dich vermißt habe.«

»Ich weiß nicht, wovon Sie sprechen.«

»Ach, Liebling, ich kann nicht mehr essen, nicht mehr schlafen –«

Es klickte in der Leitung. Sie hatte aufgelegt.

Ich seufzte und wählte eine andere Nummer, wurde weiterverbunden und vernahm schließlich eine vertraute Stimme.

»Okay, laß hören, woher wußtest du das?«

»Sie haben Secvonal gefunden?«

»Chloralhydrat. Die altbekannten K.O.-Pillen. Wie machst du das? Du schaust einen Toten mit eingeschlagenem Schädel an und stellst fest, daß man ihn betäubt hat. Sogar bei den Krimis im Fernsehen müssen sie dazu erst mal 'nen Test oder so was machen.«

Nachdem ich mich ausgiebigst in Rays Bewunderung gesonnt hatte, legte ich auf und belästigte noch ein paar Leute mit meinen Anrufen. Danach wühlte ich in einigen Schreibtischschubladen und in einem Aktenschrank, brachte aber alles wieder in Ordnung. Ich warf die Papiertüte des Selbstbedienungsrestaurants und den Kaffeebecher in den Papierkorb, zusammen mit dem Brot des Pastrami-Truthahn-Sandwiches. Nun öffnete ich den mitgebrachten Behälter und schloß ihn nach ein paar Minuten wieder.

»Dann wollen wir mal«, sagte ich.

Auf der Besucherliste vermerkte ich 12.51 Uhr als Zeitpunkt, zu dem ich das Gebäude wieder verließ.

Da mittlerweile die Sonne am Himmel erschienen war, setzte ich mir die Sonnenbrille auf die Nase und schnappte mir ein Taxi. Der Fahrer, offensichtlich erst vor kurzem aus dem Iran eingewandert, beherrschte meine Sprache nur sehr bedingt, jedoch immer noch besser als die Geographie Manhattans. Ich versuchte ihn dorthin zu lotsen, wo ich hinwollte, aber wir landeten irgendwo in der Prärie. Beim ersten mir bekannt erscheinenden Straßenzug entlohnte ich ihn und ging zu Fuß weiter.

Ich betrat ein Gebäude, in dem ich noch nie gewesen war, öffnete die verschlossene Tür zum Vestibül mit meiner Kreditkarte, ebenso eine weitere verschlossene Türe, die auf einen Hinterhof führte. In dem Hof gab es ein paar Abfalltonnen und einen vernachlässigten Garten. Ich überquerte ihn und kletterte über eine niedere Betonmauer in den Nachbarhof. Dort spähte ich durch ein bestimmtes Fenster, öffnete es und schloß es wieder. Danach ging ich, mit meinem Behälter, den Weg zurück, den ich gekommen war. Als ich wieder auf der Straße stand, winkte ich ein Taxi heran und ließ mich zur Narrowback Gallery fahren.

Jared öffnete mir und beäugte den Behälter. »Schleppst du das Ding immer noch mit dir rum?«

»So ist es.«

»Aber jetzt hast du Beute drin?«

»Überzeug dich selbst.«

»Immer noch leer.«

»Ganz recht.«

»Was willst du damit machen?«

»Nichts.«

»Nichts.«

»Nichts. Und weiß du was? Du kannst es behalten. Ich bin es leid, das verdammte Ding durch die Gegend zu zerren.« Ich gesellte mich zu seiner Mutter, die gerade einen prüfenden Blick auf unser Bild warf. »Sieht gut aus, Denise.«

»Na und ob. Wir haben Glück, das Mondrian keine Acryl-Farben zur Verfügung hatte, sonst hätte er pro Jahr fünfhundert Bilder malen können.«

»Hat er nicht so viele gemalt?«

»Nicht ganz.«

Ich berührte die Leinwand mit dem Finger. »Trocken.«

Denise nahm ein Instrument zur Hand, das aussah wie ein Teppichmesser.« Weißt du, das geht mir gegen den Strich. Bist du deiner Sache ganz sicher, Bernie?«

»Ganz sicher.«

»Zweieinhalb Zentimeter? So ungefähr?«

»Ja, das macht sich gut.«

»Na, dann in Gottes Namen«, seufzte Denise und schnitt das Bild vom Keilrahmen.

Ich sah ihr zu und konnte mich eines komischen Gefühls in der Magengegend nicht erwehren. Hatte ich doch gesehen, welche

Mühe darauf verwendet worden war, Mondrians Gemälde nachzuahmen, hatte auch selbst Hand angelegt, und nun?

Ich drehte mich um und ging zu Jared hinüber, der flach auf dem Boden lag und große Buchstaben auf einen Pappkarton malte. Einige Schilder lagen schon fertig daneben. »Gute Arbeit«, lobte ich ihn.

»Die müssen doch was hermachen, Bern, wenn wir schon die Medien eingeschaltet haben.«

»Großartig.«

»Performance Art – man malt ein Bild und zerstört es dann. Da fehlt nur noch Christo, um das Ganze in Aluminiumfolie zu verpacken«, warf Denise aus dem Hintergrund ein. »Soll ich's einwickeln, oder ißt du's hier?«

»Weder noch«, antwortete ich und begann, mich meiner Kleider zu entledigen.

Ein paar Minuten nach drei erreichte ich das Hewlett-Museum. Etwas steif und ungelenk erklomm ich die Stufen zum Eingang. Ich trug wieder meinen Hut und die Hornbrille, die mir allerdings schon geraume Zeit Kopfschmerzen verursachte. Am Einlaß entrichtete ich, ohne zu murren, meinen Obolus, passierte das Drehkreuz und stieg die Treppe zu meinem Lieblingssaal empor.

Insgeheim fürchtete, oder besser, hoffte ich, daß der Mondrian verschwunden sei. Vielleicht hatte man ihn bereits abgenommen, um ihn für die Ausstellung zu präparieren – aber nein, da hing das Bild. »Komposition mit Farbe.« Ich sah das Gemälde, und mir wurde erschreckend klar, daß dieses Bild nicht die geringste Ähnlichkeit mit unserem selbstgestrickten Mondrian hatte. Es kam mir vor, als wolle man die Bleistiftzeichnung eines Kindes mit Leonardos Mona Lisa vergleichen. Aber, nun ja, es war alles eine Frage des Blickwinkels. Das Gemälde an der Wand wirkte sicher nur deshalb so echt, weil es an der Wand eines Museums hing und weil das Schild seine noble Herkunft bestätigte.

Ich betrachtete das Bild eine Weile und schlenderte dann weiter. Im Erdgeschoß betrat ich einen Saal mit Bildern französischer Maler des achtzehnten Jahrhunderts. Boucher und Fragonard, bukolische Szenen mit Faunen, Nymphen und Schäfern. Vor einem Bild mit zwei picknickenden barfüßigen Landpomeranzen entdeckte ich Carolyn und Alison. Ich gesellte mich zu ihnen und teilte ihnen flüsternd mit, daß Jared und seine Freunde schon Stellung bezogen hätten.

»Gebt ihnen noch fünf Minuten, dann kann's losgehen. Okay?«

»Okay.«

In einer Kabine der Herrentoilette zog ich meine Jacke und mein Hemd erst aus und dann wieder an. Nun kehrte ich etwas weniger steif in den Mondrian-Saal zurück. Niemand schenkte mir auch nur die geringste Aufmerksamkeit, denn draußen auf der Straße war ein Riesenspektakel im Gange. Die Besucher strebten den Ausgängen zu, um zu sehen, was da los war.

Rhythmische Gesänge drangen an mein Ohr. »Eins, zwei, drei, vier! Die Kunst, die brauchen wir!«

Ich näherte mich dem Mondrian. Die Zeit schlich, und die Kinder auf der Straße machten einen Höllenlärm. Ich blickte nun schon zum tausendsten Mal auf meine Armbanduhr. Worauf sie wohl noch warteten? Da brach auch schon die Hölle los.

Ein lauter Knall, wie ein Donnerschlag oder gar eine Bombenexplosion, ließ die Leute zusammenzucken. Aber es war nur ein Kanonenschlag, wie man ihn zur Feier des 4. Juli abfeuert. Und dann drang dichter Qualm durch die Saaltüren herein. Jemand schrie: »Feuer, Feuer! Nichts wie raus!« Immer mehr Rauch waberte durch die Gänge, und die Besucher drängelten ins Freie. Was tat ich? Ich riß den Mondrian von der Wand und rannte damit zur Herrentoilette.

Dort prallte ich fast mit einem dicken Mann zusammen, der gerade aus einer der Kabinen taumelte. »Feuer! Raus hier! Laufen Sie um Ihr Leben, Mann!«

Er war schon weg. Ein paar Minuten später verließ ich die Toilette und hastete die Treppen hinunter zum Haupteingang. Löschzüge rasten heran und überall wimmelte es von Polizei. Jared und seine Genossen schwangen drohend ihre Transparente, wichen Polizisten aus und stellten sich vor den Fernsehkameras in Positur. Trotz des grauenhaften Durcheinanders hatte das Sicherheitspersonal des Hewlett die Situation fest im Griff. Jeder der Herauseilenden wurde unerschütterlich kontrolliert.

Es sollte keiner das Chaos nutzen können, um mit einem alten Meister unter dem Arm zu verschwinden.

Ich schwitzte heftig unter meinem Hut, als ich die Kontrolle passierte.

In einer dunklen, schmuddeligen Kneipe bekam ich die Sechs-Uhr-Nachrichten mit. Da war Jared Raphaelson, der wütend darauf bestand, daß auch Jugendliche Zutritt zu den großen Kunstsammlungen haben müßten. Gleichzeitig wies er jegliche Verantwortung für den Terror-Anschlag auf das Hewlett-Museum und für das mysteriöse Verschwinden des Mondrian-Meisterwerkes zurück.

»Wir glauben nicht, daß die Kinder direkt mit der Sache zu tun haben«, erklärte ein Polizeisprecher. »Es ist allerdings noch etwas früh, um überhaupt etwas sagen zu können. Vermutlich hat ein Dieb die Gunst der Stunde kurzentschlossen genutzt und das Bild aus dem Rahmen geschnitten. Den Rahmen selbst haben wir gefunden. Er lag zerbrochen im Waschraum des zweiten Stocks. Am Rahmen waren noch Reste der Leinwand zu sehen. Wir sind der Ansicht, daß die Kinder das Feuer verursacht haben, obwohl sie das abstreiten. Der Hergang war offensichtlich folgender: Jemand hat einen sogenannten Kanonenschlag abgeschossen, wie man ihn bei den Feiern zum Unabhängigkeitstag verwendet. Dieser muß zufällig in einen Papierkorb gefallen und dort explodiert sein. Unglücklicherweise hatte anscheinend ein Tourist einige Filmrollen in eben diesen Papierkorb geworfen. Statt eines harmlosen Knalls entstand dabei ein Brand. Das Feuer selbst hat keinen Schaden verursacht. Es gab lediglich eine heftige Rauchentwicklung, die die Besucher in Angst und Schrecken versetzten und dem Dieb die nötige Deckung verschaffte.«

Ein Museumssprecher verlieh seiner Trauer über den Verlust des Gemäldes Ausdruck. Er sprach über den künstlerischen Wert und bezifferte den finanziellen Wert etwas widerstrebend auf rund eine Viertelmillion Dollar. Dann mutmaßte der Reporter, daß vielleicht die Presseberichte über den Raubmord im Charlemagne, wobei ja auch ein Mondriangemälde gestohlen worden war, das Interesse des Diebes gerade auf ein Bild von Piet Mondrian gelenkt hatten.

Der Sprecher des Museums hielt dies nicht für ausgeschlossen, zumal der Dieb auch ein Bild mit dem zehnfachen Wert des Mondrians hätte stehlen können. Der Täter hatte gehört oder gelesen, wie hoch der Onderdonk-Mondrian geschätzt worden war. Dann, als sich die Gelegenheit bot, hatte er schnell und entschlossen gehandelt.

In Carneys Bar leerte ein impulsiv und entschlossen wirkender Bursche mit Hornbrille und Filzhut sein wohlverdientes Glas Bier.

21

»Was hast du denn da drin? Fisseangel?« Der Kleine stand auskunftheischend vor mir an der Bushaltestelle.

»Fisseangel?«

»Andrew, laß den Mann in Ruhe«, herrschte ihn seine Mutter an und schenkte mir ein tapferes Lächeln. »Er ist grade in dem Alter, wissen Sie. Sprechen hat er nun zwar gelernt, aber den Mund halten kann er noch nicht.«

»Mama, der Onkel geht zum Fissen.«

»Ach, du hat gemeint, das ist eine Angelrute.« Ich verkniff es mir, Klein-Andrew über den Inhalt der eineinhalb Meter langen Papphröhre aufzuklären, die ich im Arm hielt. Was hätte ich auch sagen sollen – daß da der Köder für den Fischzug drin war?

Zwei Busse rollten heran. Andrew und seine Mutter sowie die anderen Wartenden stiegen ein. Ich blieb stehen. Daran war nichts Ungewöhnliches. Es gibt eine ganze Reihe von Buslinien, die hier halten, und sie fahren zu den verschiedensten Zeiten. Es sah einfach so aus, als würde ich auf einen anderen Bus warten.

Ich wußte nur nicht, worauf ich wartete. Vielleicht auf die göttliche Eingebung.

Auf der anderen Straßenseite ragte das Charlemagne empor, so unbezwingbar wie eh und je. Dreimal hatte ich nun schon die Pforten passiert. Einmal auf Onderdonks Einladung hin und zweimal als Blumenbote. Jetzt sollte ich es ein viertes Mal schaffen, und das, obwohl mich jeder Bedienstete dieses Gebäudes bereits kannte.

Es gibt immer einen Weg, redete ich mir ein. Doch leider gab es auch Probleme.

Der Blumentrick würde jedenfalls nicht mehr funktionieren, weder bei Leona Termaine noch bei jemand anders.

Ein Streifenwagen rollte langsam die Straße herunter. Ich gab mir Mühe, so unauffällig wie möglich mein Gesicht zu verbergen. Vielleicht war es sicherer, wenn ich nicht länger auf der Straße herumlungerte. Zumal ich in dieser Nacht wohl doch nichts mehr unternehmen konnte. Da war es schon besser, sich im »Big Charlie's« einen Drink zu gönnen.

Ich war froh, daß ich in dieser noblen Umgebung einen Anzug trug. Nur für meinen Hut und die Turnschuhe schämte ich mich ein wenig.

Der Whisky, den ich bestellt hatte, wurde in einem mannshohen, geschliffenen Glas serviert, das sich wie Waterford-Kristall anfühlte. Vermutlich war es das auch. In diesem Etablissement kostete ein Glas Whisky soviel wie eine ganze Flasche im Laden. Da konnte Big Charlie natürlich auch was für die Gläser springen lassen.

Ich nippte an meinem Glas, dachte nach, nippte wieder und dachte noch einmal nach. Eine Pianistin haute in die Tasten wie eine staatlich geprüfte Masseuse. Mit butterweicher Stimme arbeitete sie sich durch Cole-Porter-Melodien, während meine Gedanken um das Charlemagne kreisten.

Nach meinem dritten Whisky kam eine Frau an meinen Tisch. »Nun, was sind Sie? Verlorengegangen, gestohlen oder entlaufen?«

»A. A. Milne, nicht wahr?«

»Sehr gut, Mister. Warum, glauben Sie wohl, hab ich mir gedacht, daß Sie das kennen könnten? Vielleicht, weil Sie so seelenvoll dreinschauen? Und so einsam sind? Man sagt, daß Einsamkeit nach Einsamkeit schreit.«

Es entstand eine Pause, und ich wußte, daß sie darauf wartete, eingeladen zu werden. Ich schwieg. Das hielt sie nicht davon ab, sich neben mich zu setzen. Eine außerordentlich selbstbewußte Frau. Sie trug ein weitausgeschnittenes schwarzes Kleid, eine Perlenkette, und sie duftete nach kostbarem Parfum und teurem Whisky.

»Ich bin Eve«, verkündete sie ungezwungen. »Eve Degrasse. Und Sie sind –«

Fast hätte ich »Adam« gesagt, murmelte aber statt dessen dann doch lieber »Donald Brown«.

»Was für ein Tierkreiszeichen haben Sie?«

»Zwilling. Und Sie?«

»Ich hab mehrere«. Sie nahm meine Hand, drehte die Innenseite nach oben und verfolgte die Linien mit ihrem rotlackierten Fingernagel.

Die Bedienung brachte uns ungebeten frische Drinks, und ich fragte mich, nach dem wievielten Whisky ich Gefallen an der Dame finden würde. Sie war nicht unattraktiv, aber sie war soviel älter als ich, daß sie für mich schon jenseits von Gut und Böse war. Gut gebaut und gut frisiert, das Gesicht gut geliftet und das Bäuchlein gut geschnürt – sie hätte meine Mutter sein können, zumindest aber deren jüngere Schwester.

»Wohnen Sie hier in der Nähe, Donald?«

»Nein.«

»Hab ich mir gedacht. Sie sind nicht von hier, nicht wahr?«

»Woher wissen Sie das?«

»Manchmal fühlt man so was.« Ihre Hand rutschte auf meinen Oberschenkel und drückte ein bißchen. »Sie sind ganz allein in der großen Stadt?«

»Sie sagen es.«

»Sie wohnen in einem kalten, seelenlosen Hotelzimmer und sind einsam.«

»So einsam«, echote ich und trank von meinem Scotch. Noch ein oder zwei Drinks, und mir wäre es vollkommen gleichgültig, wo ich war oder mit wem ich da war. Wenn diese Frau ein Bett hätte, irgendein Bett, dann könnte ich zumindest bis Tagesanbruch ungestört schlafen. Das würde zwar nicht gerade meinen Ruf als Liebhaber aufpolieren, aber ich wäre wenigstens sicher. Und, bei Gott, ich war wirklich nicht mehr in der Verfassung, durch New Yorks Straßen zu wandern, während sämtliche Polizisten nach mir Ausschau hielten.

»Sie müssen nicht in diesem Hotelzimmer übernachten«, gurrte sie.

»Wohnen Sie hier in der Nähe?«

»So ist es. Im Big Charlie.«
»Big Charlie?«
»Richtig.«
»Hier?« Ich sah etwas dümmlich drein. »Sie wohnen in dieser Bar?«

»Nein, Dummchen, nicht hier. Im echten Big Charlie. Im großen Big Charlie. Aber sie sind ja nicht von hier, Donald. Sie wissen nicht, wovon ich spreche, hab ich recht?«

»Ich fürchte...«

»Charlemagne ist gleich Karl der Große ist gleich Big Charlie. Aber woher sollen Sie wissen, daß das ein bekanntes Apartmenthaus ist, wenn Sie nicht von hier sind. Es ist gleich hier um die Ecke.«

»Das Charlemagne.«
»Richtig.«
»Und dort wohnen Sie?«
»So ist es, Donald Brown.«
»Nun denn, worauf warten wir noch?«

Ich erkannte den Portier, den Mann am Empfang und Eduardo, den freundlichen Fahrstuhlführer. Sie würdigten mich keines Blickes. Vermutlich war ich nicht der erste junge Mann, den Miss Degrasse anschleppte, und wahrscheinlich sorgte sie durch reichliche Trinkgelder dafür, daß die Angestellten Diskretion wahrten.

Wir fuhren in den fünfzehnten Stock. Sie hatte größere Schwierigkeiten, ihre Tür mit dem Schlüssel zu öffnen, als ich im allgemeinen ohne Schlüssel.

Kaum waren wir in der Wohnung, schloß sie mich auch schon seufzend in ihre Arme. »Oh, Donald!« Sie hatte fast meine Größe und war eine ganz stattliche Person. Fürs erste rettete ich mich mit der Behauptung, daß wir beide jetzt einen Drink bräuchten.

Wir nahmen drei. Sie schluckte ihre Drinks, ich goß meine in einen Blumentopf. Die Palme darin sah ohnehin schon recht bedauernswert aus. Das Apartment war nach den neuesten Erkenntnissen moderner Wohnkultur eingerichtet. Fast keine Möbel, dafür jede Menge teppichverkleideter Plattformen.

»Oh, Donald.«

Ich hatte gehofft, der Whisky würde sie endlich in Morpheus' Arme schicken, aber sie schien hart im Nehmen zu sein, während ich einfach nicht wieder nüchtern wurde. Hol's der Teufel, dachte ich und flötete »Eve!« Und die Dinge nahmen ihren natürlichen Lauf.

Es gab kein Bett in ihrem Schlafzimmer, nur eine weitere Plattform, mit einer Matratze darauf. Aber sie erfüllte ihren Zweck. So wie ich auch, zu meinem allergrößten Erstaunen.

22

Hinterher kam der schwierigste Teil. Ich mußte so lange wach bleiben, bis sie eingeschlafen war. Das kostete mich fast übermenschliche Kräfte. Als ihr Atem endlich gleichmäßiger wurde, verharrte ich noch einen Augenblick und verließ dann unser Liebeslager. Ich tappte lautlos über den dicken Teppich und sammelte meine Kleidungsstücke ein. Im Wohnzimmer zog ich mich an. Schon fast an der Tür fiel mir zum Glück meine Papprohre ein, und ich schlich zurück, um sie zu holen. Wegen dieser Röhre hatte mich Eve für einen Architekten gehalten. Die Brille und der Hut würden auch darauf hindeuten, meinte sie, und die Schuhe gleich gar. Sollte mir nur recht sein.

So leise wie möglich öffnete ich die Wohnungstür und schlüpfte auf den Flur hinaus.

Wie gewohnt, benutzte ich die Feuertreppe, um in den elften Stock zu gelangen. Gerade wollte ich mit meinem Spezialwerkzeug Applings Tür öffnen, als ich erstarrte. Man hörte Stimmen, Lachen, es schien sich um ein Lustspiel im Fernsehen zu handeln. Ich blickte auf das Schlüsselloch hinunter – der Lichtschein war nicht zu übersehen. Da stand ich nun.

Die Applings waren zurückgekehrt. Vielleicht saß Mr. A. gerade gemütlich in einem Sessel und blätterte seine geplünderten Briefmarkenalben durch. Er konnte jeden Moment einen Schrei des Entsetzens ausstoßen und instinktiv zur Tür rennen, sie aufreißen und wen vorfinden?

Niemanden. Denn ich befand mich bereits wieder auf der Feuertreppe. Im fünfzehnten Stock zögerte ich etwas, dort, wo ich Eve Degrasse zurückgelassen hatte, aber dann rannte ich weiter in den sechzehnten Stock. Hinter einer der Türen war ein Streit im Gang. Nicht so bei Gordon Onderdonk. An seiner Tür klebte nur das Siegel der New Yorker Polizei. Nichts sonst war zu sehen. Nichts zu hören. Ich öffnete die Tür und betrat das ehemalige Reich von Gordon Kyle Onderdonk.

Nachdem ich die Wohnung erfolglos nach weiteren Personen, tot oder lebendig, durchsucht hatte, ließ ich in der Küche das Wasser laufen. Endlich war es heiß genug, um Pulverkaffee darin auflösen zu können. Das Gebräu konnte zwar keine Toten aufwecken, es konnte mich auch nicht wieder nüchtern machen, aber es half mir, wenigstens halbwegs wach zu bleiben.

Dann startete ich eine große Telefonaktion.

»Bernie, Gott sei Dank. Ich war schon halbverrückt vor Sorge. Du rufst hoffentlich nicht aus dem Gefängnis an?«

»Nein.«

»Wo bist du denn?«

»Nicht im Knast. Mir geht's gut. Habt ihr beiden die Sache unbeschadet überstanden, Alison und du?«

»Aber ja. Kein Problem. Das war vielleicht ein Gag. Wir hätten die Mona Lisa rausschleppen können, wenn sie nicht im Louvre hinge. Aber weißt du, was die tollste Neuigkeit ist? Die Katze ist wieder da!«

»Archie?«

»Archie, ganz recht. Wir waren ausgegangen, um was zu trinken, und als wir zurückkamen, da sauste Ubi sofort auf uns zu, um sich streicheln zu lassen. Das macht er doch sonst nie. Ich heb den Kopf, und siehe da – Ubi sitzt am anderen Ende des Zimmers. Ich schau wieder runter und denk, mich laust der Affe. Da sitzt doch Archie Goodwin persönlich vor mir. Es war alles wie beim ersten Einbruch. Fenster geschlossen, Tür versperrt, wie immer!«

»Erstaunlich. Die mysteriöse Dame hat Wort gehalten.«

»Hat Wort gehalten? Wieso?«

»Ich gab ihr das Bild, und sie brachte die Katze zurück.«

»Wie hast du sie gefunden«

»Sie hat mich gefunden. Aber das kann ich dir jetzt nicht erklären. Hauptsache, Archie ist wieder da. Was ist mit den Schnurrhaaren?«

»Die fehlen auf einer Seite. Archies Gleichgewichtssinn ist dadurch gestört. Er ist unsicher bei Sprüngen und so. Ich weiß noch nicht, ob ich die Haare auf der anderen Seite auch abschneide oder ob ich einfach warte, bis nachwachsen.«

»Laß dir Zeit, es eilt ja nicht damit.«

»Da hast du recht. Alison war übrigens genauso überrascht wie ich, daß Archie wieder da ist.«

»Kann ich mir denken.«

»Bernie, was hast du jetzt vor? Sammelst du weiterhin Mondrians? Im Guggenheim-Museum hängen noch 'n paar rum. Wird das dein nächster Coup?«

»Ist doch immer nett, mit dir zu plauschen, Ray.«

»Das Vergnügen ist ganz auf meiner Seite. Sag mal, bist du jetzt komplett übergeschnappt, oder was? Sag bloß nicht, daß du's nicht warst. Ich hab dich nämlich gesehen. Im Fernsehen. Du hast so bescheuert ausgesehen, daß ich dich gar nicht erkannt hätte, wenn der Hut nicht gewesen wär.«

»Ist 'ne gute Verkleidung, nicht?«

»Aber du hattest nichts in der Hand, Bern, was hast du mit dem Mondrian gemacht?«

»Ganz klein zusammengefaltet und unter meinen Hut geschoben.«

»Hab ich's mir doch gedacht. Wo bist du jetzt?«

»Im Bauch des Löwen. Hör zu, Ray, ich hab 'ne Aufgabe für dich. Wie heißt diese Stelle in *Casablanca*?«

»›Spiel's noch einmal, Sam.‹«

»Nein, die mein ich nicht. Warte mal. ›Laß die üblichen Verdachtspersonen antanzen.‹ Das war der Satz, den ich gemeint hab, und genau das ist es, was du für mich tun sollst.«

»Versteh nur Bahnhof.«

»Du wirst es kapieren, laß es dir erklären, Ray.«

»Bernie? Was meinst du wohl, was das hier für ein Tollhaus war. Jetzt beginnen sich die Dinge allmählich zu setzen. Aber was wird aus meinem Kind?.Wie?«

»Ein Schauspieler.«

»Sein Vater, dieser Großkotz, hat angerufen. Wie ich so was

erlauben könnte, und er würde ernstlich erwägen, mir das Sorgerecht streitig zu machen. Selbstverständlich ließe er mit sich reden, wenn ich mit einer Kürzung der Unterhaltszahlungen für den Jungen und für mich einverstanden wäre. Jared sagt, er würde lieber im Hewlett wohnen als bei seinem Vater. Meinst du, die zerren Jared vor den Kadi?«

»Glaub ich nicht, aber ich bin kein Rechtsanwalt. Wie hält er sich bei den Verhören?«

»Seine Antworten arten in politische Reden aus. Aber mach dir keine Sorgen, er hat dich noch mit keiner Silbe erwähnt.«

»Was ist mit seinen Kumpeln?«

»Die könnten nichts von dir erzählen, auch wenn sie wollten. Jared ist der einzige, der weiß, daß die Ereignisse vor dem Hewlett etwas anderes waren als eine Aktion der Jungen Panther.«

»Ach, nennen sie sich so?«

»Ich glaub, das haben die Medien erfunden, aber der Name wird ihnen wohl bleiben. Ach da fällt mir gerade ein, daß du dieses komische Ding bei uns gelassen hast. Die Katzentragetasche oder was immer das sein soll.«

»Schenk es jemandem, der eine Katze hat. Ich brauch die Tasche nicht mehr. Carolyn hat ihren Archie wieder.«

»Wirklich?«

»Das hat sie mir jedenfalls gesagt.«

»Und das Hewlett? Kriegen die ihren Mondrian auch wieder?«

»Welchen Mondrian?«

»Bernie –«

»Mach dir keine Sorgen, Denise. Es kommt alles wieder ins Lot.«

»Das kommt schon wieder in Ordnung, Wally.«

»Mann, o Mann, ich hoffe, du hast recht, aber mein Knie tobt wie verrückt, seit ich die letzten sechzehn Meilen gelaufen bin.«

»Na, wird schon werden. Hast du gehört, was da im Hewlett passiert ist?«

»Großer Gott, hab ich fast vergessen. Ich weiß nicht mal, ob ich mit dir darüber sprechen sollte. Hast du mit der Sache zu tun?«

»Natürlich nicht. Aber der Anführer dieser protestierenden Kinder ist der Sohn einer Freundin von mir, und –«

»Ach, daher weht der Wind.«

»Wally, möchtest du dir nicht als Anwalt der Jungen Panther einen Namen machen? Ich glaub nicht, daß irgend jemand die Kinder verklagen wird, aber da müssen Interviews gegeben werden, vielleicht gibt's sogar 'n Buch oder 'n Film darüber. Jared wird jemanden brauchen, der seine Interessen wahrnimmt. Und sein Vater versucht, das Sorgerecht der Mutter anzufechten, und –«

»Und du hast ein Interesse an der Mutter, vermute ich?«

»Wir sind nur gute Freunde. Aber weißt du was, Wally, ich könnte mir vorstellen, daß du die Mutter nicht übel finden würdest.«

»Aha.«

»Hast du was zu schreiben? Denise Raphaelson. 7415374.«

»Und der Kleine heißt Jason?«

»Jared.«

»Auch gut. Wann soll ich sie anrufen?«

»Am Morgen.«

»Es ist schon Morgen, in drei Teufels Namen. Weißt du nicht, wie spät es ist?«

»Ich ruf bei meinem Rechtsanwalt nicht an, um nach der Uhrzeit zu fragen, sondern damit er etwas für mich tut.«

»Und, soll ich etwas für dich tun?«

»Dachte schon, du kommst nie auf den Trichter.«

»Miss Petrosian? ›Ich singe von Sorgen, ich singe von Klagen – hab keine Sorgen, borge sie von späteren Tagen.‹«

»Wer spricht denn da?«

»Es ist von Mary Carolyn Davies, Miss Petrosian, Ihre Lieblingsdichterin.«

»Ich versteh nicht.«

»Was gibt es da zu verstehen? Ist doch ein nettes, umkompliziertes Gedicht, wie mir scheint.«

»Mr. Rhodenbarr?«

»Eben der. Ich habe Ihr Gemälde, Miss Petrosian. Sie müssen nur kommen und es holen.«

»Sie haben –«

»Den Mondrian. Für tausend Dollar gehört er Ihnen. Ich weiß, daß das eine lächerliche Summe ist, aber ich muß schleunigst aus der Stadt verschwinden und brauch jeden Cent, den ich auftreiben kann.«

»Ich kann erst am Montag zur Bank gehen und –«

»Bringen Sie mir in bar, was Sie dahaben, und geben Sie mir für den Rest einen Scheck. Notieren Sie sich die Adresse und die Uhrzeit. Kommen Sie weder zu früh noch zu spät, Miss Petrosian. Sonst können Sie Ihr Gemälde vergessen.«

»Gut, Mr. Rhodenbarr, wie haben Sie mich gefunden?«

»Sie haben mir doch Ihren Namen und Ihre Telefonnummer aufgeschrieben. Erinnern Sie sich nicht mehr?«

»Aber die Nummer war –«

»Falsch, Miss Petrosian. Ich war sehr enttäuscht, aber keineswegs überrascht.«

»Aber –«

»Aber Sie stehen im Telefonbuch. Das müßten Sie doch schon mal gemerkt haben.«

»Schon, aber – aber ich hab Ihnen doch nicht meinen richtigen Namen gegeben.«

»Sie sagten Elspeth Peters.«

»Ja, und –«

»Nun, mit allem Respekt, Miss Petrosian. Sie konnten mich damit nicht hinters Licht führen. Die Art, wie Sie gezögert haben, als Sie mir Ihren Namen nannten, und dann die falsche Telefonnummer, das sprach Bände.«

»Aber woher in aller Welt haben Sie meinen richtigen Namen?«

»Da hab ich ein bißchen Sherlock Holmes gespielt.«

»Das ist aber schon höchst beachtlich.«

»Halb so schlimm, Miss Petrosian, man hat schließlich Erfahrung.«

»Nun ja, trotzdem –«

»Unwichtig. Sie wollen das Bild haben, oder nicht?«

»Selbstverständlich.«

»Dann schreiben Sie bitte...«

»Mr. Danforth? Mein Name ist Rhodenbarr. Bernard Grimes Rhodenbarr. Ich muß mich für die späte Störung entschuldigen, aber ich hoffe, Sie werden mir verzeihen, wenn ich Ihnen den Grund meines Anrufs geschildert habe. Ich möchte Ihnen ein paar Dinge erzählen, aber auch einige Fragen stellen. Außerdem möchte ich Sie einladen...«

Telefonate, nichts als Telefonate. Bis ich alle meine Anrufe hinter mich gebracht hatte, waren meine Ohren heißgelaufen. Wenn Gordon Onderdonk wüßte, wie ich seine Telefonrechnung in die Höhe trieb, würde er sich noch in seiner Schublade im Leichenschauhaus umdrehen.

Nach getaner Arbeit genehmigte ich mir eine Tasse Kaffee. Ich fand auch noch einen Riegel Milky-way im Kühlschrank und eine Handvoll Corn-flakes im Küchenschrank. Ein eigentümlicher Speiseplan, aber Hunger ist der beste Koch.

Es war mittlerweile spät geworden, aber nocht nicht spät genug. Es galt immer noch, Zeit totzuschlagen. Schließlich war es soweit. Ich verließ Onderdonks Apartment und lief in den fünften Stock hinunter. Als ich den fünfzehnten Stock passierte, gedachte ich mit einem Lächeln der schlafenden Miss Degrasse, im elften Stock seufzte ich beim Gedanken an die Applings, und in der neunten Etage konnte ich mich bei der Erinnerung an Miss Leona Tremaine eines Grinsens nicht erwehren. Die eiserne Tür zum fünften Stock bereitete mir ziemliche Schwierigkeiten. Irgendwie schienen meine Finger vom vielen Telefonieren steif geworden zu sein. Letztendlich schaffte ich es doch und schlich den Korridor entlang. Vorsichtig und so geräuschlos wie nur möglich öffnete ich eine bestimmte Wohnungstür. Ich wußte, daß in diesem Apartment jemand schlief, und huschte so leise wie ein Mäuschen herum. Ich hatte viel zu tun.

23

»Wunderbar«, sagte ich und blickte in die Gesichter der im Halbkreis vor mir Sitzenden. »Wir sind vollzählig, dann lassen Sie uns zur Sache kommen.«

Da saßen wir nun in Onderdonks Apartment. Ray Kirschmann war als erster aufgekreuzt, flankiert von drei jungen Polizisten mit rosig-frischen Gesichtern. Sie hatten sich nützlich gemacht, hatten Klappstühle heraufschicken lassen und die Ankömmlinge nach oben geleitet, während ich mich mit einem Buch und einer Thermoskanne Kaffee im Schlafzimmer verschanzt hatte. Nun aber war mein großer Auftritt gekommen. Gespannt waren aller Augen auf mich gerichtet. Ich genoß die Situation und musterte die aufmerksame Runde. In Rays Nähe hatten sich Carolyn und Alison niedergelassen. Sie gaben ein attraktives Paar ab.

Auf der kleinen Couch, dicht nebeneinander, saßen Mr. und Mrs. J. McLendon Barlow. Er war ein schlanker, adretter, fast eleganter Herr, mit sorgfältig frisiertem stahlgrauen Haar und militärischem Gehabe. Seine Frau, die auch gut als seine Tochter durchgegangen wäre, war mittelgroß und von schmaler Statur. Sie hatte auffallend große Augen. Das dunkelbraune Haar trug sie zu einem Knoten zusammengefaßt.

Rechts hinter den Barlows hatte sich ein vierschrötiger Mann niedergelassen, dessen Gesicht Mondrian sicher zum Malen gereizt hätte. Es bestand nur aus rechten Winkeln. Seine Backenknochen waren stark ausgeprägt, die Augenpartie wirkte schlaff und müde. Sein Schnurrbart war ergraut, während sein krauses Haar tiefschwarz glänzte. Er hieß Mordecai Danforth. Der Mann neben ihm schien auf den ersten Blick sehr jung zu sein. Bei genauerem Hinsehen schätzte man ihn aber auf gut fünfunddreißig. Er war sehr blaß, trug eine randlose Brille und einen dunklen Anzug mit schmaler schwarzer Seidenkrawatte. Das war Lloyd Lewes. Rechts von Lewes legte Elspeth Petrosian die Hände in den Schoß. Ihre Lippen bildeten einen schmalen Strich, und ihr zurückgeworfener Kopf signalisierte verhaltene Wut.

Rechts hinter Elspeth saß ein junger Mann im dunklen Anzug. Er hatte offensichtlich seinen Sonntagsstaat angelegt. Das war auch völlig in Ordnung, denn es war Sonntag. Die Augen des Burschen glänzten dunkelbraun, und sein Kinn war leicht gespalten. Er hieß Eduardo Melendez.

Zur Linken Eduardos lümmelte sich Wally Hemphill in einen Polstersessel. Ein paar Meter von ihm entfernt entdeckte ich Denise Raphaelson, die sich anscheinend ganz gut mit Wally verstand. Jedenfalls ließen die verstohlenen Blicke, die sie sich gelegentlich zuwarfen, darauf schließen.

Vier weitere Männer vervollständigten die Runde. Der erste hatte ein rundes Gesicht und eine hohe Stirn. Er sah so aus, wie man sich einen Kleinstadtbankier vorstellt. Sein Name war Barnett Reeves. Der zweite trug einen Bart und Stiefel. Er wirkte irgendwie zerknittert. Ein Typ, der einem Bankier sicher nicht kreditwürdig erscheint. Er hieß Richard Jacobi. Der dritte war ein blutjunger Mann mit grauem Anzug. Das Grau stimmte genau mit seiner Gesichtsfarbe überein. Soweit ich sehen konnte, hatte er keine Lippen, keine Augenbrauen und keine Wimpern. So habe ich mir immer einen Kredithai vorgestellt. Das war Orville Widener. Der vierte Mann war ein Polizist in Uniform. Wie es sich gehörte, trug er eine Pistole im Halfter, eine Dienstmarke, ein Notizbuch und Handschellen. Sein Name war Francis Rockland.

Gespannt erwarteten die Anwesenden meine Eröffnungen. Gelegentlich blickte der eine oder andere auf die Wand über dem Kamin. Verständlich, denn dort hing, eindrucksvoll wie eh und je, Mondrians »Komposition mit Farbe«. Genau dort, wo ich das Bild bei meinem ersten Besuch im Charlemagne gesehen hatte.

»Also«, richtete ich das Wort an die kleine Versammlung, »ich nehme an, Sie wissen, warum ich Sie hergebeten habe.«

»Komm schon zur Sache!« Ray wurde allmählich ungeduldig.

»Tatsache ist, daß ein Mann namens Piet Mondrian ein Bild gemalt hat und vier Jahrzehnte später zwei Männer getötet wurden. Einer der beiden, Gordon Onderdonk, wurde just in diesem Apartment ermordet. Der andere hingegen in einem Buchladen, in meinem Buchladen, um genau zu sein. Sein Name war Edwin Philip Turnquist. Und es sah so aus, als wären Mondrian und ich der gemeinsame Nenner in dieser Geschichte. Ich habe dieses Apartment hier höchstens ein paar Minuten vor dem Mord an Onderdonk verlassen. Meinen Buchladen betrat ich, ein paar Minuten nachdem man Turnquist dort ins Jenseits befördert hatte. Die Polizei verdächtigte mich beider Morde.«

»Dafür wird man wohl Gründe gehabt haben«, warf Elspeth Petrosian giftig ein.

»Hervorragende Gründe sogar. Da ich wußte, daß ich niemanden umgebracht hatte, wurde mir sehr bald klar, daß jemand alles dransetzte, mir die Morde in die Schuhe zu schieben. Man hatte mich unter dem Vorwand, daß die Bibliothek geschätzt werden sollte, hierhergelockt. Ich verbrachte ein paar Stunden mit der Begutachtung der Bücher und ließ mich dafür bezahlen. Ich hatte in der Wohnung natürlich überall Fingerabdrücke hinterlassen. Mein Name war am Empfang notiert worden. Warum auch nicht, ich hatte ja einen Auftrag auszuführen. Dabei war der einzige Zweck dieses Auftrags der, möglichst viele Beweise für meine Anwesenheit im Charlemagne zu erhalten, so daß man mich gut zum Sündenbock für einen Raubmord machen konnte.«

Ich holte Atem. »Soweit war die Angelegenheit klar, nur ergab sich kein Sinn. Denn der, der mich an den Tatort gelotst hatte, war nicht der Täter, sondern das Opfer. Warum sollte Onderdonk in meinen Laden marschieren, mir ein Lügenmärchen auftischen, mich in seine Wohnung bestellen und sich dann im Schlafzimmer von jemandem dem Schädel einschlagen lassen?«

»Vielleicht hat der Mörder nur eine günstige Gelegenheit wahrgenommen.« Denise grinste ein wenig, als sie das sagte. »So wie ein gewisser Herr gestern die Gelegenheit nutzte, ein Bild zu stehlen.«

»Daran hab ich auch zuerst gedacht, aber ich konnte Onderdonks Handlungsweise nach wie vor nicht verstehen. Er hat mich in seine Wohnung gelockt, um mir irgend etwas anzuhängen. Wenn es nicht seine Ermordung war, was dann? Der Diebstahl des Bildes?

Das wäre möglich gewesen. Er hätte einen Einbruch vortäuschen können, um die Versicherungssumme zu kassieren. Die Fingerabdrücke eines ehemaligen Einbrechers hätten dabei sicher nicht schaden können. Aber auch das hätte keinen Sinn ergeben, denn ich hätte meine Anwesenheit ja rechtfertigen können. Es wären also höchstens unnötige Komplikationen entstanden. Aber manchmal tun Menschen sehr dumme Dinge, besonders dann, wenn sie als Amateure ein Verbrechen vortäuschen wollen. Also hätte es vielleicht doch so gewesen sein können. Ein Komplize hätte die Gunst der Stunde nutzen und ihn ins Jenseits befördern können. Auf diese Weise hätte er, erstens, das Bild gehabt, zweitens, keinen Mitwisser und, drittens, einen Sündenbock.

Trotzdem – auch diese Version hatte einen Haken. Warum sollte der Mörder Onderdonk fesseln und in den Schrank stopfen? Warum brachte er ihn nicht einfach um und ließ ihn liegen? Und warum hat er den Mondrian aus dem Rahmen geschnitten? Das tun höchstens Diebe, die ein Bild im Museum klauen und wissen, daß jede Sekunde entscheidend ist. Der Mörder aber hätte soviel Zeit gehabt, wie er nur wollte. Er hätte in aller Ruhe die Klammern des Keilrahmens lösen und das Bild unbeschädigt abnehmen können.«

»Sie sagten, es sei ein Amateur gewesen«, gab Mordecai Danforth zu bedenken. »Und Sie sagten auch, daß Amateure unlogische Dinge tun.«

»Ich sagte, dumme Dinge, aber das bedeutet fast dasselbe. Es ist jedoch die Frage, wie viele Fehler eine einzelne Person begehen kann. Mir machte immer wieder die Tatsache zu schaffen, daß Gordon Onderdonk beträchtliche Mühe darauf verwandt hatte, mich zum Sündenbock zu stempeln. Und alles, was er davon hatte, war ein eingeschlagener Schädel. Ich mußte irgend etwas übersehen haben. Nur sehr langsam begann ich, ein bißchen klarer zu sehen. Der Mann, der mich hereingelegt hatte, und das Opfer mußten zwei verschiedene Personen sein.«

»Moment, langsam, Bernie«, bremste Carolyn meinen Redeschwall. »Du meinst, der Kerl, der dich hierherbestellt hat, und der, der jetzt im Leichenschauhaus liegt, das –«

»Das sind zwei verschiedene Personen.«

»Jetzt sag bloß noch, daß das in der Leichenhalle nicht Onderdonk ist. Wir haben ihn von drei verschiedenen Leuten identifizieren lassen. Es ist ganz eindeutig Gordon Kyle Onderdonk.« Ray konnte sich einen triumphierenden Unterton nicht verkneifen.

»Richtig. Aber der, der in meinen Laden kam, war ein anderer. Er hat sich mir als Onderdonk vorgestellt, lud mich hierher ein, ließ mich die Bücher begutachten, entlohnte mich und blies dem bedauernswerten Onderdonk das Lebenslicht aus, sobald ich zur Tür hinausmarschierte.«

Barnett Reeves schüttelte den Kopf. »Soll das heißen, daß der echte Onderdonk die ganze Zeit über hier war?«

»Ganz recht. Man hatte ihn mit Betäubungsmitteln vollgepumpt und in den Schrank gepackt. so lief der Mörder nicht Gefahr, daß ich Onderdonk zufällig sehen könnte, wenn ich vielleicht versehentlich eine falsche Tür aufmachte. Er wollte auch keinen Mord riskieren, solange er ihn mir nicht hieb- und stichfest anhängen konnte. Der Mörder war in der glücklichen Lage, den Zeitpunkt des Mordes genau auf den Zeitpunkt legen zu können, zu dem ich das Charlemagne verlassen würde. Zwar können Gerichtsmediziner die Tatzeit nur ungefähr angeben, aber größtmögliche Genauigkeit beim Timing konnte nicht schaden.«

Lloyd Lewes ließ sein zaghaftes Stimmchen hören: »Das vermuten Sie doch alles nur, oder? Sie versuchen, uns einige Ungereimtheiten plausibel zu machen, haben aber doch wahrscheinlich keine weiteren Tatsachen im Ärmel?«

»O doch. Ich habe zwei recht massive Fakten zu bieten, allerdings beweisen sie nur mir etwas, für andere sind sie bedeutungslos. Erstens, der Leichnam, den ich in der Schublade Nr. 328-B gesehen habe, war nicht der Mann, der mich in meinem Laden aufgesucht hat. Zweitens, der Mann, der sich mir als Gordon Onderdonk vorgestellt hat, sitzt hier in diesem Raum.«

Nichts ist so still, wie wenn Menschen in einem Raum gleichzeitig den Atem anhalten.

Orville Widener brach das Schweigen. »Das können Sie nicht beweisen, wir haben nur Ihr Wort.«

»Das stimmt, ich sagte ja, daß es nur für mich ein Beweis ist. Ich hätte auch schon früher dahinterkommen müssen. Es gab von Anfang an gewisse Anzeichen dafür, daß ich vielleicht nicht den richtigen Gordon Onderdonk kennengelernt hatte. Da ich den Mann fortan nicht mehr Onderdonk nennen kann, nenne ich ihn künftig einfach den Mörder. Er öffnete die Tür nur einen winzigen Spalt, bevor er mich einließ. Die Sicherheitskette hängte er erst aus, als der Fahrstuhlführer schon wieder in seinem Käfig war. Er nannte mich beim Namen, damit ihn der Liftboy auch wirklich mitbekam, aber er fummelte so lange am Schloß herum, bis der Aufzug nach unten entschwebt war.«

»Ist Wahrheit«, bestätigte Eduardo Melendez. »Mr. Onderdonk sonst immerr empfängt Gäste an Lift. Nicht diese Mal. Ich ihn nicht sehen. Mirr ist nicht aufgefallen bis jetzt, aberr es so gewesen.«

»Ich hab mir selbst nichts dabei gedacht, es hat mich nur gewundert, daß ein derart ängstlicher Mann lediglich ein einfaches Sicherheitsschloß an seiner Wohnungstür hat. Es hätte mir auch auffallen müssen, daß mich der Mörder allein auf den Aufzug warten ließ, nur um in seiner Wohnung das Telefon abzunehmen. Dabei hatte ich es nicht mal klingeln hören.« Mir war dieses Benehmen nicht unangenehm aufgefallen, weil es für mich die Antwort auf meine Stoßgebete war – aber das ging ja niemanden etwas an.

»Noch etwas hatte ich übersehen, Ray. Du hast von Onderdonk mehrmals so gesprochen, als wäre er ein Bulle von einem Mann gewesen. Dabei hatte ich ihn eher als zierlichen Menschen in Erinnerung. Das hätte mir auffallen müssen.«

Richard Jacobi kratzte sich am Kinn. »Spannen Sie uns nicht auf die Folter. Wenn einer von uns Onderdonk auf dem Gewissen hat, warum sagen Sie uns dann nicht wer?«

»Weil es zunächst noch eine interessante Frage zu beantworten gilt.«

»Die wäre?«

»Warum hat der Mörder Mondrians Bild aus dem Rahmen geschnitten?«

»Ach ja, das Gemälde«, sagte Danforth. »Das ist gut, daß wir auf das Bild zu sprechen kommen, zumal es, auf wundersame Weise unzerstört, wieder dort an der Wand hängt. Man kann fast nicht glauben, daß es so ein Banause aus dem Rahmen geschnitten hat.«

»Nicht wahr, das ist kaum zu glauben.«

»Also, sprechen Sie schon, Mr. Rhodenbarr. Warum hat der Mörder das Bild herausgeschnitten?«

»Damit jeder den Diebstahl bemerkte.«

»Da kann ich nicht folgen.«

»Der Mörder wollte nicht einfach das Bild stehlen. Er wollte, daß die ganze Welt wußte, daß man das Bild gestohlen hatte. Hätte er es einfach mitgenommen, wer würde es denn tatsächlich vermißt haben? Onderdonk lebte allein. Er hat zwar vermutlich ein Testament hinterlassen, aber –«

»Sein Erbe ist ein Cousin zweiten Grades, der in Calgary lebt«, mischte sich Orville Widener ein. »Gordon Onderdonk hatte bei meiner Gesellschaft eine Versicherung über dreihundertfünfzigtausend Dollar abgeschlossen. In so einem Fall fragen wir uns natürlich, wer der Nutznießer ist. Die Police lief auf Onderdonks Namen. Im Falle seines Todes wird sie seinem Vermögen zugeschlagen. Sein Vermögen aber erbt irgend jemand im kanadischen Westen.« Seine Augen wurden schmal, als sie Richard Jacobi streiften.

»Oder weilt dieser Kanadier womöglich auch unter uns?«

»Nein«, bekundete Wally Hemphill, »der ist immer noch in Kanada. Ich habe vor nicht ganz einer Stunde mit ihm telefoniert. Er hat mich beauftragt, seine Interessen wahrzunehmen.«

»Sieh an«, Widener schien das zu mißfallen.

Nun war ich wieder an der Reihe. »Der Cousin hat Kanada nie verlassen. Das Gemälde ist auch nicht wegen der Versicherung gestohlen worden, so naheliegend das auch wäre. Das Bild wurde aus demselben Grund gestohlen, der auch seinen Besitzer das Leben kostete. Beides sollte ein anderes Verbrechen verschleiern.«

»Und welches?«

»Das ist eine lange Geschichte, da sollten wir uns vorher eine kleine Kaffeepause gönnen.«

Nach ein paar Schlucken Kaffee begann ich zu erzählen:

»Vor langer Zeit hatte ein Mann namens Haig Petrosian ein Gemälde in seinem Eßzimmer hängen. Das Bild sollte später einmal ›Komposition mit Farbe‹ genannt werden, aber für Petrosian war es vermutlich immer nur das Bild seines alten Freundes Piet gewesen. Wie auch immer, als Petrosian starb, verschwand auch das Bild. Ob es sich nun jemand aus der Familie angeeignet hat oder ob ein Dienstbote damit verschwand, wurde nie geklärt. Irgendwann geriet das Gemälde in die Hand eines Mannes, der eine wunderbare Möglichkeit zum Geldverdienen entdeckt hatte. Er kaufte Gemälde und verschenkte sie.«

»So kommt man zu Geld?« Carolyn war verblüfft.

»Jedenfalls kam der Mann auf diese Weise zu Geld. Er kaufte

ein Bild von einem bedeutenden Künstler, verlieh es an ein oder zwei Ausstellungen, um allgemein bekanntzumachen, daß es echt war und daß er der rechtmäßige Besitzer sei. Dann engagierte er einen talentierten, vielleicht ein bißchen exzentrischen Maler. Der wurde beauftragt, eine Kopie von dem Bild anzufertigen. Unser Freund stiftete dann in seiner übergroßen Güte das Bild einem Museum. Verständlich, daß er dafür die Kopie wählte. In seiner großzügigen Art schenkte er genau das gleiche Bild noch anderen Museen in entlegeneren Teilen unseres Landes. Auch dabei handelte es sich lediglich um Kopien. Zur Abwechslung verkaufte er gelegentlich auch mal ein Bild an einen Privatsammler, von dem er annehmen durfte, daß er seine Schätze nicht der Öffentlichkeit preisgeben würde. Innerhalb von zehn Jahren konnte er auf diese Weise dasselbe Bild fünf- bis sechsmal unter die Leute bringen.

Und noch etwas: Stiftet man ein Gemälde, das vielleicht eine Dreiviertelmillion Dollar wert ist, dann spart man sich mehr als hunderttausend Dollar an Steuern. Macht man das ein paarmal, hat sich das Bild mehr als bezahlt gemacht. Zu alledem besitzt man immer noch das Original. Es gibt nur ein Problem.«

»Welches?« Alisons Neugier war erwacht.

»Man könnte auffliegen. Unser Mörder erfuhr, daß Mr. Danforth eine Ausstellung plante, die einen Überblick über Mondrians gesamtes Schaffen geben sollte. Das allein war noch nicht weiter tragisch. Schließlich waren seine gefälschten Bilder schon auf vielen Ausstellungen als echt durchgegangen, aber es schien so, als hätte Mr. Danforth bemerkt, daß wesentlich mehr Mondrians im Umlauf waren, als dieser je gemalt hatte. Wissen Sie, was man über Rembrandt sagte? Er habe zweihundert Porträts gemalt, dreihundert davon sind in Europa und fünfhundert in Amerika.«

»Mondrians Bilder sind nie in diesem Maße gefälscht worden«, erklärte Danforth, »aber es sind in den letzten Jahren beunruhigende Gerüchte aufgetaucht. Deshalb hatte ich beschlossen, die geplante Ausstellung zu einer umfangreichen Untersuchung aller greifbaren Mondrianbilder zu nutzen. Ich wollte die echten von den gefälschten trennen.«

»Da haben Sie dann Mr. Lewes um seine Mithilfe gebeten.«

»So ist es.«

»Unser Mörder hat irgendwie davon Wind bekommen und war zu Tode erschrocken. Er wußte, daß Onderdonk sein Gemälde ausstellen wollte. Ausreden konnte er ihm das auch nicht mehr, denn er durfte ihm ja nicht sagen, daß sein Mondrian gefläscht war. Schließlich hatte er ihm selbst das Bild verkauft. Onderdonk mußte also sterben, und das Bild mußte verschwinden. Es galt nun, die Sache so zu drehen, daß er mir den Schuh anziehen konnte. Er wußte, daß die Polizei nicht nach einem persönlichen Motiv für den Mord suchen würde. Ich würde als Täter herhalten müssen, auch wenn die Ermittlungen kein eindeutiges Ergebnis bringen sollten.«

»Und wir würden dem Cousin in Calgary dreihundertfünfzigtausend Dollar für eine Fälschung bezahlen«, eiferte sich Widener.

»Das interessiert den Mörder in keiner Weise. Er will sich schützen, sonst nichts.«

Ray wurde ungeduldig. »Wer war's?«

»Wie?«

»Wer hat die Fälschungen verscherbelt und Onderdonk getötet?«

»Nun, da gibt es nur eine einzige Person, die das gewesen sein kann. Sie, Mr. Barlow. Ist es nicht so?«

Tödliche Stille. Dann richtete sich J. McLendon Barlow kerzengerade auf.

»Das ist alles Unsinn.«

»Irgendwie dachte ich mir, daß Sie es nicht zugeben würden.«

»Barer Unsinn. Mr. Rhodenbarr, Sie und ich, wir sind uns heute zum ersten Mal begegnet, und ich habe niemals ein Bild an meinen Freund Onderdonk verkauft. Tatsache ist allerdings, daß ich dem Hewlett einen Mondrian geschenkt habe. Das steht auch auf dem Messingschildchen neben dem Gemälde. Das können Sie nachlesen.«

»Leider sieht es so aus, als wäre das Bild aus dem Hewlett verschwunden.«

»Ganz klar, daß Sie das arrangiert haben, um diese Farce hier in Szene setzen zu können. Ich jedenfalls hatte damit nicht das geringste zu tun, und ich habe überdies für den gestrigen Tag ein lückenloses Alibi. Außerdem wäre es für mich von Vorteil, wenn das Bild nicht verschwunden wäre, es war nämlich ganz ohne Zweifel das Original.«

Ich schüttelte den Kopf. »Nein, ich fürchte, daß das keineswegs der Fall ist.«

»Moment mal.« Barnett Reeves sah mich an, als hätte ich ihm eine tote Ratte zum Frühstück serviert. »Ich bin der Direktor des Hewlett-Museums, und ich bin ganz sicher, daß unser Mondrian echt war.«

Ich deutete auf die Kaminwand. »Das ist Ihr Gemälde. Sind Sie sich der Echtheit wirklich sicher?«

»Das ist nicht der Hewlett-Mondrian.«

»O doch!«

»Machen Sie sich nicht lächerlich. Unser Bild hat dieser Vandale aus dem Rahmen geschnitten. Dieses Gemälde aber ist völlig intakt. Es dürfte sich zwar wirklich um eine Fälschung handeln, aber es hing mit Sicherheit nie an der Wand unseres Museums.«

»Aber genau das tat es. Der Mann, der gestern das Bild gestohlen hat, war keineswegs ein Vandale. Er war schon mit einem zerbrochenen Rahmen ins Hewlett gekommen. Dabei handelte es sich um die Reste einer hausgemachten Mondriankopie. Ihr Bild, Mr. Reeves, hat er von der Wand genommen, vom Rahmen gelöst und unter seinen Kleidern versteckt. Die Teile des Rahmens hängte er in seine Hosenbeine. Für Sie sah es so aus, als hätte man Ihr Bild brutal zerstört.«

»Und das Gemälde über dem Kamin –«

»Ist Ihr Bild, Mr. Reeves. Der Rahmen wurde wieder zusammengebaut und die Leinwand aufgezogen. Mr. Lewes, wenn Sie das Bild vielleicht prüfen wollten?«

Lewes zückte sein Vergrößerungsglas und näherte sich dem Bild. Ein Blick genügte ihm. »Aber das sind ja Acrylfarben! Mondrian hat mit Öl gemalt.«

»Ich hab's ja gleich gesagt, daß das nicht unser Bild ist.«

»Mr. Reeves, wären Sie so freundlich? Bitte sehen Sie sich das Gemälde nun an.«

»Nun, was ich gesagt habe. Acrylfarben und keinesfalls unser Mondrian.«

»Bitte nehmen Sie es von der Wand, Mr. Reeves.«

Sein Gesichtsausdruck war mitleiderregend. »Mein Gott«, stotterte er, »mein Gott. Unser Rahmen. Da ist unser Stempel eingeprägt. Tausende von Augen haben das Bild Tag für Tag gesehen, niemand hat bemerkt, daß das nichts als eine verdammte Kopie ist.« Er fuhr herum.

»Sie haben mich reingelegt, Barlow, Sie Hurensohn.«

Reeves schien sich auf Barlow stürzen zu wollen, aber Ray hielt ihn zurück. »Ruhig Blut, Mr. Reeves.«

Barlow schäumte vor Wut. »Sie haben keinerlei Beweise. Wenn das alles vorbei ist, werde ich Sie wegen Verleumdung verklagen.«

»Sie konnten sich sehr leicht Zugang zu diesem Apartment verschaffen. Sie und Ihre Frau wohnen im fünften Stock dieses Hauses –«

»Hier wohnen eine Menge Leute. Das macht uns noch nicht zu Mördern.«

»Nein, aber uns machte es keine Mühe, Ihr Apartment durchsuchen zu lassen.«

Ich gab Ray ein Zeichen, und der beauftragte Rockland, die Tür zu öffnen. Zwei Polizisten marschierten herein. Sie hatten einen weiteren Mondrian bei sich. Der sah genauso aus wie der, den Lewes soeben als Fälschung identifiziert hatte.

»Das ist das Original«, verkündete ich. »Es beginnt doch förmlich zu leuchten, wenn es mit einer Fälschung im selben Raum ist, nicht wahr? Mr. Barlow, Sie haben vielleicht Onderdonks Bild vernichtet, aber auf das hier haben Sie gewiß gut aufgepaßt. Es ist der echte Mondrian.«

»Zu Ihrer Information, Mr. Barlow, wir hatten einen Haussuchungsbefehl. Jungs, wo habt ihr das Ding gefunden?«

»In einem Wandschrank, in der bewußten Wohnung im fünften Stock.«

Lewes begutachtete bereits die Leinwand mit seinem Vergrößerungsglas.

»Nun, das ist schon eher ein Original. Es ist mit Öl gemalt, und es sieht tatsächlich echt aus.«

»Das muß ein Irrtum sein, hören Sie, ein schrecklicher Irrtum.«

»Wir haben noch etwas gefunden, Sir, im Medizinschrank. Da

steht zwar nichts drauf, aber ich hab's probiert. Wenn da nicht Chloralhydrat drin ist, dann ist es 'ne bessere Fälschung als das Bild.«

»Nein«, stöhnte Barlow, »das ist völlig unmöglich.« Ich hoffte, er würde sagen, daß es unmöglich sei, weil er das restliche Chloralhydrat ins Klo gekippt habe. Aber er fing sich wieder.

»Sie haben das Recht zu schweigen. Sie haben...«

24

Barlow informierte noch seine Frau, welcher Anwalt zu verständigen sei, dann wurde er von Rays Polizisten in Handschellen abgeführt. Ray selbst blieb mit Francis Rockland bei uns.

Das andächtige Schweigen der restlichen Anwesenden wurde von Carolyn Kaiser gebrochen. »Dann muß Barlow auch Turnquist umgebracht haben. Denn der hätte ihn wegen der Kopien verraten können. Ist es so?«

Ich schüttelte mein weises Haupt. »Turnquist hat zwar die Bilder kopiert, und Barlow hätte ihn früher oder später vielleicht wirklich umgebracht, aber er hätte das gewiß nicht in meinem Laden getan. Stell dir vor, ich hätte ihn zufällig gesehen. Das hätte seinen ganzen Plan zunichte gemacht. Ich vermute, daß Barlow sein Apartment nach dem Mord nicht mehr verlassen hat. Er wollte sicher erst wieder auftauchen, wenn ich hinter Gittern saß. Wenn er nicht mehr Gefahr lief, daß ich den von mir angeblich Ermordeten frisch und munter durch die Stadt spazieren sähe. Hab ich recht, Mrs. Barlow?«

Aller Augen richteten sich auf die Frau, die nun allein auf der Couch saß. Sie warf ihren Kopf zurück, wollte etwas sagen, nickte dann aber nur.

»Kommen wir zu Philip Turnquist zurück. Er war ein Künstler, und er sah sich nicht als Fälscher. Es erfüllte ihn mit Stolz, daß seine Arbeiten in bedeutenden Museen ausgestellt waren. Erst als Barlow ihn bat, eine Weile von der Bildfläche zu verschwinden, wurde ihm bewußt, daß Barlow nicht die Welt hinters Licht führte, sondern auch eine ganze Menge Geld damit verdiente. Das war ein Schlag gegen Turnquists Idealismus.« Ich

sah den bärtigen Mann mit dem schütteren braunen Haar an.
»Da kamen Sie dann ins Spiel, Mr. Jacobi.«

»Ich war nie wirklich im Spiel.«

»Sie waren Turnquists Freund.«

»Nun, ich kannte ihn vom Sehen.«

»Sie wohnten auf derselben Etage. Sie haben sich mit Turnquist zusammengetan. Einer von Ihnen verfolgte Barlow, als er zu mir in den Laden kam. Danach sind Sie zu mir gekommen und wollten mir ein Buch verkaufen, das Sie in einer Bibliothek gestohlen hatten. Sie hielten mich für einen Hehler und wollten irgendwie an mich rankommen. Als ich nicht anbiß, wußten Sie nicht mehr weiter.«

»Phil und ich, wir wußten einfach nicht, wie Sie ins Bild paßten. Ich wollte das herausfinden, aber ich kam nicht weit. Ein Buchhändler, der sich ein solches Buch entgehen läßt, würde mit Sicherheit nicht als Hehler arbeiten.«

»Am Freitag änderten Sie dann Ihre Meinung. Als Sie hörten, daß ich wegen des Mordes an Onderdonk verhaftet und gegen Kaution wieder auf freien Fuß gesetzt worden war, waren Sie sicher, daß ich mit der Sache irgend etwas zu tun hatte. Turnquist wollte mir sagen, was es mit Barlow auf sich hatte und daß dieser wohl versuchte, mich reinzulegen. Als ich den Laden für kurze Zeit verließ, verschafften Sie beide sich Zutritt. Sie lockten Ihren Freund irgendwie ins Hinterzimmer und stachen ihm den Eispickel ins Herz. Dann setzten Sie in pietätlos auf meine Toilette.«

»Warum sollte ich das getan haben?«

»Weil Sie eine Einnahmequelle gewittert hatten und Turnquist die Sache auffliegen lassen wollte. Er hatte noch eine Menge gefälschte Bilder in seinem Atelier, die er zerstören wollte. Sie dachten, man könnte damit viel Geld machen. Außerdem hätten Sie Barlow bis an sein Lebensende erpressen können, wenn ich erst mal hinter Schloß und Riegel saß. Sie beschlossen, Turnquist den Mund zu stopfen, und Sie konnten annehmen, daß man mir den Mord anhängen würde, wenn man den Toten auf meinem Lokus fand.«

»Und dann bin ich einfach weitergegangen?«

»Nein, nicht sofort. Sie waren noch da, als ich zurückkam. Sie hatten sich zwischen den Regalen versteckt. Mir war bei meiner Rückkehr nur aufgefallen, daß die Tür verriegelt war, obwohl ich sie lediglich ins Schloß gedrückt hatte. Das verwirrte mich etwas. Außerdem hatte ich unmittelbar nach meiner Rückkehr eine Kundin, die ganz plötzlich vor mir stand. Ich hatte sie nicht hereinkommen sehen.« Ich blickte zu Elspeth Petrosian hinüber. »Zuerst hatte ich sie im Verdacht, Turnquist getötet zu haben, aber ich sah keinen Sinn darin. Wahrscheinlich haben Sie sich rausgeschlichen, Mr. Jacobi, als sie hereinkam.«

Er sprang auf. Ray Kirschmann erhob sich ebenfalls sofort, und Francis Rockland stand bereits in Reichweite.

»Sie können mir nichts nachweisen.«

Man hat Ihr Zimmer durchsucht«, eröffnete ihm Ray freundlich.

»Da waren außer unzähligen Bibliotheksbüchern auch eine Reihe von Arbeiten Ihres Freundes Turnquist.«

»Die hat er mir geschenkt.«

»Aha. Darum haben Sie sie aus seinem Zimmer in das Ihre geschleppt. Und zwar nachdem Ihr Freund verblichen war, aber bevor die Leiche entdeckt wurde. Außerdem fanden wir einen Zettel in Turnquists Zimmer, mit Bernies Namen und Adresse. Genau denselben wie bei der Leiche. Und was meinen Sie wohl, wer das geschrieben hat?«

»Was heißt das schon, ich habe die Zettel für Phil geschrieben.«

»Sie haben uns auch telefonisch den Tip gegeben, wo wir Turnquist Mörder suchen sollen.«

»Das war ich nicht.«

»Und wenn ich Ihnen nun sage, daß alle ankommenden Gespräche aufgezeichnet werden und daß Stimmen genauso sicher identifiziert werden können wie Fingerabdrücke?«

Jacobi schwieg.

»Wir fanden noch etwas in Ihrem Zimmer. Zeig's ihm, Francis.«

Rockland griff in seine Tasche und förderte einen Eispfriem zutage. Richard Jacobi erbleichte und starrte den Gegenstand fassungslos an. »Den haben Sie mir untergejubelt!«

»Und wenn wir nun Turnquist Blut daran gefunden hätten?«

Da brach Jacobi zusammen. Er stammelte, daß er den Pfriem doch weggeworfen hätte und daß er nicht wüßte, wo er ihn vergessen haben könnte. Dann erinnerte er sich aber doch. »Ich hatte ihn in der Hand, als ich den Laden verließ.«

»Damit Sie mich auch erstechen konnten, wenn ich Ihnen in die Quere gekommen wäre.«

»Ich hab ihn dann in einen Gully geworfen. Da können Sie ihn nicht rausgeholt haben.« Er richtete sich auf. »Das ist ein Bluff. Dieser Eispfriem kann nicht die Tatwaffe gewesen sein.«

»Mag sein«, gab Ray zu. »Vielleicht hatten Sie noch einen anderen in Ihrem Zimmer. Aber nun, da wir wissen, wo wir die Tatwaffe suchen müssen, dürfte es nicht schwer sein, sie zu finden. Wollten Sie uns sonst noch etwas erzählen?«

»Ich habe Ihnen nichts zu sagen.«

»Das ist Ihr gutes Recht, Mr. Jacobi. Sie haben das Recht zu schweigen. Sie haben das Recht...« Rockland brachte ihn weg.

»So, nun kommt der angenehme Teil«, verkündete Ray Kirschmann und holte meine Papprolle aus der Küche. Er förderte eine zusammengerollte Leinwand zutage. Irgendwie kam mir das Ding bekannt vor.

Barnett Reeves wollte wissen, was das nun wieder sein sollte.

»So'n Gekleckse. Auch einer von den Mondrians, aber eine Fälschung. Turnquist hat ihn für Barlow gemalt, und der hat ihn an Onderdonk verhökert. Als er Onderdonk abgemurkst hatte, hat er das Bild wieder an sich genommen. Es paßt genau in den zerbrochenen Rahmen und zu den Leinwandresten, die wir mit Onderdonks Leiche im Wandschrank gefunden haben. Hier, nehmen Sie, Mr. Widener.«

Orville Widener sah verständnislos auf die Leinwand, die ihm Ray in die Hand gedrückt hatte. »Was soll ich damit? Warum geben Sie mir das?«

»Nun, Sie wissen doch, was es ist. Ich habe Ihnen soeben das Bild überreicht, für das Sie eine Belohnung ausgesetzt haben.«

»Sie müssen den Verstand verloren haben. Glauben Sie im Ernst, meine Gesellschaft zahlt für eine wertlose Fälschung?«

»Wieso, Sie können sich noch dafür bedanken. Tun Sie es nämlich nicht, dann muß Ihre Gesellschaft dem Cousin in Calgary das Zehnfache in den Rachen schieben. Schließlich hat Onderdonk seine Versicherungsprämien ordnungsgemäß gezahlt. Daß Sie sozusagen eine Überversicherung akzeptiert haben, ist Ihr Pech, es entbindet Sie nicht von der Verpflichtung, im Schadensfall zu zahlen.« Wally Hemphill hatte sich richtig in Rage geredet.

»Da muß ich erst mit unserer Rechtsabteilung sprechen.«

»Das wird Ihnen auch nichts nützen.«

Dann bringt also der ehrenwerte Detective Kirschmann Ihren Mandanten um sein Geld?«

»Nein, das glaub ich nicht. Wir brauchen die Fälschung, um Barlows Schuld zu beweisen. Barlow hat Geld. Einen Teil davon hat er Onderdonk abgenommen. Ich werde also versuchen, den Kaufpreis für den Mondrian von Barlow einzuklagen. Da ich auch die Interessen von Detective Kirschmann vertrete, sollten Sie nicht damit rechnen, um die Belohnung herumzukommen.«

Barnett Reeves und der Rest der Versammlung brannten darauf zu erfahren, was mit dem echten Gemälde geschehen würde. Eine Weile stritten sie sich, wer der rechtmäßige Besitzer sei. Barnett Reeves fand, daß man dem Museum ein echtes Bild geschenkt habe, nicht ein als Fälschung deklariertes. Widener meinte, daß seine Gesellschaft ja immerhin fünfunddreißigtausend Dollar dafür hinblättern müsse, das Bild also der Versicherung gehöre. Mrs. Barlow war der Ansicht, das Bild sei immer noch Eigentum ihres Mannes, und Wally Hemphill wollte es seinem Mandanten in Calgary zukommen lassen. Elspeth Petrosian wollte auf keinen Fall einsehen, daß jemand anders als sie Anspruch darauf erheben könnte.

Da legte Ray Kirschmann seine Hand auf das Bild. »Das Gemälde ist nunmehr ein Beweisstück, das ich sicherstellen werde. Sie können Ihre Ansprüche bei Gericht anmelden. Wird wohl 'ne Weile dauern, bis Sie sich alle gegenseitig vor den Kadi gezerrt haben.«

Reeves empfahl er, die Kopie wieder an ihren Platz zu hängen. Bei der Publicitiy würden die Leute scharenweise ins Museum rennen.

25

Ich saß mit Carolyn in Big Charlies nobler Kneipe. Sie war sehr davon angetan. Nach einigen Drinks erklärte sie mir, daß sie nun auch das wissen wolle, was ich bei meiner Volksrede taktvoll verschwiegen hätte. »Ich hab noch kein Wort über meine Katze gehört.«

»Na und? Da werden zwei Menschen ermordet, ein paar Gemälde gestohlen, und ich soll über eine entführte Katze reden? Sie ist doch wieder da, was soll's also?«

»Hmm. Alison ist Haig Petrosians zweite Enkelin, nicht wahr? Die, die auf der anderen Seite des Eßtischs saß. Sie ist Elspeth' Cousine, und ihr Vater war Elspeth' Onkel Billy.«

»Ja, und die Ähnlichkeit der beiden ist verblüffend. Erst dachte ich, Andrea wäre die Cousine. Sie und Elspeth warfen auf dieselbe Art ihren Kopf zurück, aber als ich dann Alison sah, wußte ich, daß sie es war und nicht Andrea.«

»Andrea Barlow.«

»Richtig.«

»Dein Intermezzo mit Andrea hast du auch ausgelassen.«

»Das geht auch keinen was an. Andrea hat mir die Wahrheit gesagt, sie hatte ein Verhältnis mit Onderdonk. Ihr Mann wußte es. Wahrscheinlich war ihm die Ermordung Onderdonks schon deshalb ein besonderes Vergnügen. Andrea wollte tatsächlich kompromittierende Fotos aus Gordon Onderdonks Wohnung holen. Als ich kam, muß sie gedacht haben, entweder die Polizei oder ihr mordlüsterner Ehemann würde auf der Bildfläche erscheinen. Beides wäre gleichermaßen unangenehm gewesen.«

»Vor Erleichterung sank sie dann in deine Arme.«

»Hmm.«

»Du möchtest ganz gern mal wieder bei ihr landen, stimmt's?«

»Na ja.«

»Warum auch nicht, sie ist wirklich ein ganz leckerer Käfer. Aber nun erzähl mir auch bitte, was mit den Bildern los ist. Da kennt sich doch kein Mensch mehr aus.«

»Na gut, das Bild, das Ray dem Versicherungsknilch zurückgegeben hat, das hat Denise gemalt, mit meiner Unterstützung. Ich habe Ray die Leinwand gegeben, die Denise aus ihrer

Mondriankopie herausgeschnitten hat. Den Rahmen mit den Leinwandresten hatte ich ja als falsche Fährte im Hewlett deponiert. Daß der Bildausschnitt nicht ganz zu dem zerbrochenen Rahmen aus Onderdonks Wandschrank paßt, ist nicht so wichtig. Ray wird dafür sorgen, daß diese Bruchstücke verschwinden. Reeves hat für sein Museum ein Bild bekommen, das Denise und ich verbrochen haben. Es war die zweite Kopie, die Denise gemalt hat. Ich habe die Leinwand dann an dem Rahmen befestigt, den ich im Museum geklaut habe. Die Leinwand habe ich in der Toilette des Museums entfernt und zusammengerollt hinausgeschmuggelt. Den Rahmen habe ich in zwei Teile zerlegt und in meine Hosenbeine gehängt. Reeves glaubt nun, daß die Acrylkopie das Bild ist, das schon immer in seinem Museum hing. Er hat es aufgrund des Stempels auf dem Rahmen identifiziert.

Denise hat noch eine dritte Kopie angefertigt, die nun in ihrer Galerie hängt. Sie hat sie gegenüber dem Original leicht abgewandelt und ist mächtig stolz darauf.

Turnquist hat zwei Kopien gemacht. Die eine, die an Onderdonk verkauft wurde, hat Barlow nach dem Mord vernichtet. Die zweite, die aus dem Museum, hat die Polizei nun in Gewahrsam.«

»Wieso, die Polizei hat doch den echten Mondrian.«

»Das denkt sie nur. Ray hat doch gesagt, daß es lange dauern wird, bis die Besitzverhältnisse geklärt sind. Bis dahin soll ein echter Mondrian im Keller verstauben? Wer sollte ihn dort als Fälschung erkennen, wenn es nicht mal im Hewlett-Museum aufgefallen ist?«

»Bernie – du hast... oh, Bernie!«

»Weiß du, er macht sich sehr gut über meiner Couch.«

»Aber die Polizei hat doch den echten Mondrian aus Barlows Wohnung geholt.«

»Ich hatte schon in der Nacht zuvor in Barlows Apartment den echten Mondrian gegen die Hewlett-Fälschung ausgetauscht.«

»Weiß du was, Bern, es sind mir einfach zu viele Mondrians, laß uns lieber von Alison reden. Als du gemerkt hast, daß sie Elspeth' Cousine war, da hast du natürlich auch gewußt, daß sie aus Armenien stammt. Dann bist du das Telefonbuch durchgegangen und –«

»Nicht ganz. Ich durchsuchte ihre Kanzlei und fand ihren Mädchennamen heraus. Das war einfacher.«

»Hast du da auch die Katze gefunden?« Sie legte ihre Hand auf die meine. »Weißt du, Bernie, ich bin selbst daraufgekommen. Sie hatte meine Katze gestohlen, nicht? Deshalb auch der komische Akzent am Telefon. Sie hatte Angst, ich könnte ihre Stimme erkennen. Sag mal, wie ist sie eigentlich in meine Wohnung gekommen?«

»Gar nicht. Sie ist über ein Nachbarhaus auf den Hof vor deinem Fenster gelangt und hat Archie einfach herausgelockt. Da der sie sehr gern hatte, war das kein Problem. Ein Mensch käme nicht durch die Gitterstäbe, eine Katze aber schon.«

»Wann bist du dahintergekommen?«

»Als ich einmal sah, wie Ubi den Kopf zwischen den Stäben durchstreckte.«

»Na ja, ich bin Alison jedenfalls nicht böse. Sie hat Archie nichts getan, und außerdem hat sie mich immer mehr beruhigt, bei ihren Anrufen. Ich hatte zuletzt überhaupt keine Angst mehr um Archie. Ich glaube, ich werde sie auch wiedersehen.«

»So geht es mir mit Andrea.«

»Gut so. Damit hätten wir die Angelegenheit überstanden.«

»Vergiß die Belohnung nicht.«

»Wieso?«

»Na, du weißt doch, von der Versicherung. Die fünfunddreißigtausend Dollar. Ray kriegt die Hälfte von dem, was nach Abzug von Wallys Honorar übrigbleibt. Der Rest geht zu gleichen Teilen an dich und Denise. Ihr habt viel riskiert.«

»Was ist mit dir, Bern?«

»Ich habe doch noch Applings Briefmarken. Ich werde sie verkaufen.«

»Gute Idee. Aber du solltest dir auch einen Teil der Belohnung zugestehen. Schließlich hattest du einige Auslagen. Die Kaution und so.«

»Die krieg ich wieder. Und Wally nimmt kein Honorar von mir, weil ich ihm ein paar Aufträge für Taxifahrten, Blumen und für den Eispfriem, den ich in Jacobis Zimmer versteckt hatte –«

»Nicht zu vergessen, das Chloralhydrat, das du Barlow untergejubelt hast.«

»Das war nur Talkumpuder.«

»Aber der Polizist sagte doch, es schmecke wie Choralhydrat?«

»Es soll gelegentlich auch Polizisten geben, die lügen. Denk nur an die Aufzeichnung von Jacobis Anruf, die Stimmenidentifikation und das Blut am Eispfriem.«

»Trotzdem sollst du auch was haben. Ein Schäferstündchen mit Andrea und ein Schäferstündchen mit Miss Degrasse sind ja nicht gerade 'ne Spitzengage.«

»Du vergißt den Mondrian, Carolyn. Der hat nun seinen rechtmäßigen Besitzer gefunden. Sieht toll aus über meiner Couch!«

Ein V. I. Warshawski-Kriminalroman

410 Seiten. Geb.

Mitreißende Szenen und bissige Dialoge kennzeichnen diesen außergewöhnlichen Kriminalroman, in dem Amerikas »Queen of crime« Sara Paretsky wieder alle Register zieht und zeigt, daß Frauen auch allein stark sein können – beim Schreiben wie beim Schießen.

Piper

**Der große Roman
über einen Anwalt
zwischen
Recht und Menschlichkeit**

400 Seiten / Leinen

Ein Meisterstück an Spannung – ein wahrer
Psychothriller – nur vergleichbar mit
Agatha Christies „Zeugin der Anklage".